BÉISBOL
EN ABRIL
Y OTROS
CUENTOS

GARY SOTO

ALFAGUARA

Título original: *Baseball in April and Other Stories*
© 1990, Gary Soto
Todos los derechos reservados.
Publicado en español con la autorización de Harcourt, Inc.

© De esta edición:
2007, Santillana USA Publishing Company, Inc.
2105 NW 86th Avenue
Miami, FL 33122, USA
www.santillanausa.com

Ilustración de la portada:
© 1990, Barry Root
Reproducida con autorización del ilustrador

Traductor: Enrique Mercado
Editor: Jorge Salazar
Cuidado de la edición: Carmen Orozco e Isabel Mendoza

Alfaguara es un sello editorial del Grupo Santillana. Éstas son sus sedes:
ARGENTINA, BOLIVIA, CHILE, COLOMBIA, COSTA RICA, ECUADOR, EL SALVADOR,
ESPAÑA, ESTADOS UNIDOS, GUATEMALA, MÉXICO, PANAMÁ, PARAGUAY,
PERÚ, PUERTO RICO, REPÚBLICA DOMINICANA, URUGUAY Y VENEZUELA.

Béisbol en abril y otros cuentos
ISBN: 1-59820-519-6

Printed in Colombia by D'vinni S. A.

Para todos los *karate kids* del país,
y para Julius Baker, Jr.,
maestro de algunos de ellos

Agradecimientos
El autor desea expresar su gratitud a Marilyn Hochman,
Joyce Carol Thomas, José Novoa y Jean-Louis Brindamour
por su gran apoyo y sus sabias palabras.

ÍNDICE

LA CADENA ROTA

Alfonso estaba sentado en el portal tratando de enderezar sus dientes chuecos hacia donde creía que debían estar. No le gustaba para nada su apariencia. La última semana había hecho cincuenta abdominales diarios, en su afán de lograr que esas ya evidentes ondulaciones de su abdomen se hicieran aún más profundas y oscuras para que, cuando fuera a nadar al canal el verano siguiente, las chicas con pantalones cortados como shorts se fijaran en él. Los chicos lo considerarían bien macho, alguien capaz de aguantar un puñetazo y de devolvérselo a quien fuera. Quería un estómago "esculpido" como el que había visto en un calendario de un guerrero azteca parado en una pirámide con una mujer en brazos. (Hasta a ella le pudo ver el estómago firme bajo su vestido transparente.) El calendario estaba colgado encima de la caja registradora de La Plaza. Orsua, el dueño, le dijo a Alfonso que podría quedarse con el calendario a fin de año si Yolanda, la mesera, no se lo llevaba primero.

Alfonso examinaba las fotos de estrellas de rock en las revistas en busca de cortes de pelo. Le gustaba cómo se veía Prince, y también el bajista de Los Lobos. Alfonso pensaba que se vería súper bien con el cabello rasurado en forma de V en la parte de atrás y con rayos púrpuras. Pero sabía que su mamá no lo aprobaría. Y su papá, que era "puro mexicano", se sentaría en su silla al llegar del trabajo, más malhumorado que un sapo, y le diría "mariquita".

Alfonso no se atrevía a teñirse el pelo. Pero un día se lo hizo cortar a la *butch*, o sea, casi a rape, como en las revistas. Su papá llegó a casa esa noche después de un partido de *softball*, feliz de que su equipo hubiera anotado cuatro jonrones en una paliza de trece a cinco que le dieron a los de la *Color Tile*. Entró contoneándose a la sala, pero se paró en seco cuando vio a Alfonso y le preguntó, no en broma sino con verdadera preocupación:

—¿Te lastimaste la cabeza en la escuela? ¿Qué pasó?

Alfonso fingió no oír a su papá y se fue a su cuarto,

donde se examinó el pelo en el espejo desde todos los ángulos. Le gustó lo que vio hasta que sonrió y se dio cuenta por primera vez que sus dientes estaban todos chuecos, cual montón de autos chocados. Se deprimió y le dio la espalda al espejo. Se sentó en su cama y hojeó la revista de rock hasta que llegó a la foto de la estrella de rock con el copete a la *butch*. A pesar de que salía con la boca cerrada, Alfonso estaba seguro de que no tenía los dientes chuecos.

A Alfonso no le interesaba ser el chico más guapo de la escuela, pero estaba decidido a verse mejor que el promedio. Al día siguiente se gastó todo el dinero que había ganado cortando césped en una camisa nueva, y con un cortaplumas, se escarbó las lunas de mugre que tenía debajo de las uñas.

Pasó horas enteras frente al espejo tratando de poner sus dientes en su sitio con el pulgar. Le preguntó a su mamá si podía usar frenillo, como Frankie Molina, el ahijado de ella, pero calculó mal el momento para hacerle la pregunta. Ella estaba en la mesa de la cocina lengüeteando el sobre con el pago de la casa y le lanzó una mirada feroz:

—¿Acaso crees que el dinero cae del cielo?

Su mamá solía recortar los cupones de descuento de las revistas y de los periódicos, mantenía un huerto durante el verano y hacía sus compras en las tiendas *Penney's* y *K-Mart*. La familia comía muchos frijoles, lo cual estaba bien porque

3

no había nada que fuera más sabroso, aunque una vez Alfonso probó unas "empanadillas" chinas y le pareció que merecían el segundo lugar entre las mejores comidas del mundo.

No le volvió a pedir un frenillo a su mamá, ni cuando ella estaba de mejor humor. Decidió arreglarse los dientes él mismo, presionándolos con los pulgares. Ese sábado, después del desayuno, se fue a su cuarto, cerró silenciosamente la puerta, prendió el radio y presionó sus dientes durante tres horas seguidas.

Presionaba por diez minutos, descansaba cinco y, cada media hora, durante los comerciales de la radio, se revisaba la sonrisa para ver si ya había mejorado. Pero nada.

Al fin se aburrió y salió con una vieja calceta deportiva a limpiar su bici, una *Montgomery Ward* de diez velocidades. Tenía los pulgares cansados, arrugados y rosados, como se le ponían cuando se quedaba mucho tiempo en la tina.

Su hermano mayor, Ernie, llegó en su *propia* bicicleta *Montgomery Ward*, con cara de deprimido. Recostó la bici contra el duraznero y se sentó en los escalones de atrás, con la cabeza agachada y pisando las hormigas que se le acercaban demasiado.

Alfonso sabía que era mejor no decir nada cuando Ernie parecía enojado. Volteó su bici, balanceándola sobre el manubrio y el asiento, y frotó los rayos con la calceta. Cuando terminó, se presionó los dientes con un nudillo hasta que le empezaron a doler.

Ernie se lamentó y dijo:

—Ay, hombre.

Alfonso esperó unos minutos antes de preguntar:

—¿Qué pasa?

Fingió no estar demasiado interesado. Agarró una esponjilla de alambre y siguió limpiando los rayos.

Ernie titubeó, temiendo que Alfonso se riera. Pero lo soltó.

—Las chicas no llegaron. Y más vale que no te rías.

—¿Qué chicas?

Alfonso recordó entonces que su hermano había presumido que la semana anterior Frostie y él habían conocido a dos chicas de la escuela Kings Canyon en la noche de Halloween. Iban vestidas de gitanas, el disfraz predilecto de todas las chicanas pobres; sólo tenían que pedirles a sus abuelitas que les prestaran unos pañuelos y lápiz labial de un color rojo chillón.

Alfonso se acercó a su hermano. Comparó las dos bicis: la suya brillaba como un puñado de monedas de diez centavos, mientras que la de Ernie se veía sucia.

—Nos dijeron que las esperáramos en la esquina. Pero nunca llegaron. Frostie y yo esperamos y esperamos como pendejos. Se burlaron de nosotros.

Alfonso pensó que esa jugarreta había sido bien

maliciosa, pero también le pareció algo divertida. Algún día tendría que ponerla a prueba.

—¿Eran bonitas? —preguntó Alfonso.

—Yo diría que sí.

—¿Crees que podrías reconocerlas?

—Si se pintaran con lápiz labial rojo, tal vez.

Alfonso se sentó en silencio junto a su hermano, los dos aplastando hormigas con sus zapatos de copete alto. Era verdad que las chicas podían actuar muy raro, especialmente las que conoces en Halloween.

Más tarde, Alfonso se sentó en el portal a presionarse los dientes. Presiona, suelta; presiona, suelta. Su radio portátil estaba encendido, aunque no era tal el volumen como para provocar que el señor Rojas bajara las escaleras y lo amenazara con su bastón.

Llegó su papá. Alfonso supo, por la forma en que estaba sentado en su camioneta, una Datsun con un guardabarros delantero de otro color, que su equipo había perdido el partido de *softball*. Se fue del portal a toda prisa, porque sabía que su papá estaría de mal humor. Se dirigió al patio de atrás, donde destrabó su bici, se sentó en ella con el soporte puesto y se dedicó a presionarse los dientes. Se golpeó el abdomen y gruñó: "Tabla de lavar". Luego se dio palmaditas en el peinado a la *butch* y murmuró: "¡Perfecto!".

Poco después salió pedaleando por la calle, las manos

en los bolsillos, hacia *Foster's Freeze*, donde lo persiguió un perro chihuahua que parecía una rata. En su antigua escuela, la escuela primaria John Burroughs, encontró a un niño colgado patas arriba en lo alto de una cerca de alambre de púas, con una chica que lo miraba. Alfonso se detuvo de un patinazo y ayudó al niño a desprender sus pantalones del alambre de púas. El niño quedó muy agradecido. Había temido tener que quedarse ahí toda la noche. Su hermana, que tenía la edad de Alfonso, también se mostró agradecida. Si hubiera tenido que ir a casa a decirle a su mamá que Frankie se había quedado colgado de una cerca y que no se podía bajar, la habría regañado.

—Gracias —le dijo ella—. ¿Cómo te llamas?

Alfonso la reconoció de su escuela y observó que era bastante bonita, peinada con colitas y con los dientes muy parejos.

—Alfonso. Tú vas a mi escuela, ¿verdad?

—Sí. Te he visto por ahí. ¿Vives cerca?

—En Madison.

—Mi tío vivía en esa calle, pero se mudó a Stockton.

—Stockton está cerca de Sacramento, ¿no?

—¿Has estado ahí?

—No.

Alfonso se miró los zapatos. Quería decir algo ingenioso como lo hace la gente en la televisión. Pero lo único que se le ocurrió decir fue que el gobernador vivía en Sacramento. Tan pronto hizo este comentario, lo lamentó por dentro.

Acompañó a la chica y al niño hasta su casa. No hablaron mucho. Cada tantos pasos, la chica, que se llamaba Sandra, miraba a Alfonso con el rabillo del ojo, y él desviaba la mirada. Alfonso se enteró de que ella estaba en séptimo grado igual que él, y que tenía de mascota un *terrier* que se llamaba Queenie. Su papá era mecánico en el taller *Rudy's Speedy Repair*, y su mamá, ayudante de maestra en la escuela primaria Jefferson.

Cuando llegaron a la calle en la que ellos vivían, Alfonso y Sandra se detuvieron en la esquina, pero su hermano se fue corriendo a su casa. Alfonso lo vio detenerse en el patio del frente para hablar con una señora, quien supuso sería su mamá. Ella estaba rastrillando y apilando hojas.

—Yo vivo ahí —dijo Sandra, señalando su casa.

Alfonso se quedó mirando un largo rato por encima del hombro de la chica, tratando de reunir las fuerzas suficientes para preguntarle si quería salir a montar en bici al día siguiente.

Tímidamente, preguntó:

—¿Te gustaría salir a montar en bici?

—Tal vez —dijo ella jugueteando con una de sus colitas mientras cruzaba una pierna frente a la otra—. Pero mi bici tiene un neumático desinflado.

—Yo puedo conseguir la bici de mi hermano. A él no le va a importar.

Ella pensó un momento antes de decir:

—Está bien. Pero no mañana. Tengo que ir a casa de mi tía.

—¿Qué te parece el lunes después de clases?

—Tengo que cuidar a mi hermano hasta que mi mamá regrese de trabajar. ¿Qué tal a las cuatro y media?

—Muy bien —dijo él—. A las cuatro y media.

En lugar de separarse de inmediato, se quedaron conversando un rato más, haciéndose preguntas como: "¿Cuál es tu grupo favorito?", "¿Has ido alguna vez a la montaña rusa *Big Dipper* de Santa Cruz?" y "¿Has probado 'empanadillas' chinas?". Pero la sesión de preguntas y respuestas terminó cuando la mamá de Sandra la llamó.

Alfonso partió en su bici lo más rápido que pudo, saltó desde el borde de la acera y, con la mayor frescura, salió disparado con las manos metidas en los bolsillos. Pero cuando volteó la cabeza para mirar hacia atrás, con el viento revolviendo su peinado a la *butch*, vio que Sandra ni siquiera lo estaba mirando. Ya estaba en el jardín de su casa, en dirección al portal.

Esa noche Alfonso se bañó, se arregló cuidadosamente el pelo e hizo más series de ejercicios que de costumbre. En la cama, entre el tira y afloja de sus dientes, le pidió insistentemente a su hermano que le prestara la bici.

—Anda, Ernie —gimoteó—. Sólo una hora.

—Chale,[1] a lo mejor yo voy a querer usarla.

—Anda, hombre. Te daré mis dulces de Halloween.

—¿Qué te dieron?

—Tres mini *Milky Ways* y unos *Skittles*.

—¿Quién la va a usar?

Alfonso titubeó, pero luego se arriesgó a decir la verdad.

—Conocí a una chica. No vive muy lejos de aquí.

Ernie se puso boca abajo y fijó la vista en el perfil de su hermano, cuya cabeza descansaba sobre su codo.

—¿*Tú* tienes novia?

—No es mi novia, es sólo una chica.

—¿Y cómo es ella?

—Como cualquier otra chica.

—Anda, dime, ¿cómo es?

—Usa colitas y tiene un hermanito.

—¡Colitas! Las chicas que se burlaron de Frostie y de mí tenían colitas. ¿Es simpática?

—Yo diría que sí.

Ernie se incorporó en la cama.

—Te apuesto a que es ella.

Alfonso sintió un nudo en el estómago.

—Va a ser novia mía, ¡no tuya!

---

[1] chale – no quiero

—¡Me las va a pagar!

—Más te vale que ni la toques —gruñó Alfonso, arrojándole un *Kleenex* hecho bola—. Te voy a aplastar con mi bici.

Durante la hora siguiente, hasta que su mamá los amenazó desde la sala con que se callaran o si no ya verían, discutieron si ésa era la misma chica que había dejado plantado a Ernie. Alfonso dijo una y otra vez que era demasiado buena para hacer una jugarreta como aquélla. Pero Ernie insistió en que ella vivía a sólo dos cuadras de donde esas chicas les habían dicho que las esperaran, que estaba en el mismo grado y, sobre todo, que tenía colitas. En secreto, sin embargo, Ernie estaba celoso de que su hermano, dos años menor que él, pudiera haber encontrado novia.

El domingo en la mañana, Ernie y Alfonso se mantuvieron separados, aunque en el desayuno pelearon por la última tortilla. Su mamá, que estaba cosiendo en la mesa de la cocina, les advirtió que dejaran de reñir. En la iglesia se hacían muecas uno a otro cuando el sacerdote, el padre Jerry, no los veía. Ernie le pegó a Alfonso en el brazo, y Alfonso, con ojos enfurecidos, le devolvió el puñetazo.

El lunes por la mañana salieron apresuradamente en sus bicis hacia la escuela, sin decirse una sola palabra, aunque iban uno al lado del otro. Durante la primera hora de clase, Alfonso no podía más de preocupación. ¿Cómo iba a pedir prestada una bici para Sandra? Pensó pedirle la bici a su mejor amigo, Raúl. Pero sabía que Raúl, que era repartidor de periódicos y al que se le veían signos de dólares en los ojos, le cobraría, y él tenía menos de sesenta centavos, aun contando las botellas de refresco que podía cambiar por efectivo.

Al pasar de la clase de historia a la de matemáticas, Alfonso vio a Sandra cuchicheando con su amiga frente a sus casilleros. Pasó rápidamente junto a ellas sin ser visto.

Durante el almuerzo se escondió en el taller de trabajos manuales en metal para no toparse con Sandra. ¿Qué le diría? Si no hubiera estado enojado con su hermano, podría preguntarle a Ernie de qué cosas hablan las chicas con los chicos. Pero *sí* estaba enojado y, de todas maneras, Ernie estaba jugando rayuela con sus amigos.

Después de clases, Alfonso se fue a toda carrera a casa. Lavó los platos de la mañana, como su madre le había pedido, y barrió las hojas con el rastrillo. Al terminar sus quehaceres, hizo cien abdominales, se presionó los dientes hasta que le dolieron, se duchó y se peinó hasta dejarse un copete perfecto. Luego salió al patio a limpiar su bici. En un arranque, le quitó la cadena para limpiarle el lubricante que estaba todo arenoso. Pero mientras la desenganchaba del engranaje trasero, se le rompió de golpe. La cadena quedó tendida en su mano como una serpiente muerta.

Alfonso no podía creer en su mala suerte. Ahora no sólo no tenía una bici extra para Sandra, sino tampoco una para él mismo. Frustrado, y al borde de las lágrimas, arrojó la cadena lo más lejos que pudo. Ésta hizo un ruido seco al caer contra la cerca trasera y espantó a Benny, su gato, que estaba durmiendo. Benny miró a su alrededor, hizo parpadear sus ojos de suave color gris y se volvió a dormir.

Alfonso recogió la cadena, que estaba irremediablemente rota. Se maldijo por ser tan estúpido, le gritó a su bici por ser de tan mala calidad y azotó la cadena contra el cemento. La cadena se volvió a romper en otro punto y lo golpeó al rebotar, cortándole la mano cual colmillo de serpiente.

—¡Ay! —gritó Alfonso, llevándose inmediatamente la mano a la boca para chuparse la herida.

Después de un toquecito de yodo, que sólo hizo que la cortada le doliera más, y luego de mucho pensarlo, fue a la habitación a tratar de convencer a Ernie, que se estaba cambiando de ropa.

—Anda, hombre, déjame usarla —le suplicó Alfonso—. Por favor, Ernie, haré cualquier cosa a cambio.

Aunque Ernie vio la desesperación de Alfonso, ya había hecho planes con su amigo Raymundo. Iban a atrapar ranas en el canal de Mayfair. Sintió lástima por su hermano, y le dio un chicle para que se sintiera mejor, pero no había

13

nada que pudiera hacer. El canal quedaba a tres millas de distancia, y las ranas los esperaban.

Alfonso tomó el chicle, se lo metió en el bolsillo de la camisa y salió de la habitación cabizbajo. Luego, salió de la casa dando un portazo y se sentó en el callejón detrás de su casa. Un gorrión se posó entre la maleza, y cuando trató de acercarse, Alfonso le pegó un grito para que se fuera. El gorrión reaccionó con un gorjeo chillón y se alejó volando.

A las cuatro, Alfonso decidió acabar de una vez por todas con ese asunto y emprendió la marcha hacia la casa de Sandra, avanzando lentamente, como si estuviera vadeando en agua hasta la cintura. La vergüenza le teñía la cara. ¿Cómo podía echar a perder su primera cita con una chica? Ella probablemente se reiría. Tal vez hasta le diría "menso".[2]

Se detuvo en la esquina en la que se suponía que se reunirían y observó su casa. No había nadie afuera, sólo un rastrillo recostado contra los escalones.

¿Por qué tenía que haber quitado la cadena?, se reprochó. Siempre estropeaba las cosas cuando trataba de desarmarlas, como la vez que intentó rellenar su guante de béisbol. Había desatado el guante y lo había llenado de copos de algodón. Pero cuando trató de armarlo de nuevo, ya se le había olvidado cómo atarlo. Todo se enredó como la cuerda de una cometa. Cuando le enseñó el lío a su mamá,

---

[2] menso – tonto

que estaba en la estufa preparando la cena, ella lo regañó, pero armó de nuevo el guante, y no le contó a su papá la tontería que había cometido.

Ahora iba a tener que presentarse ante Sandra y decirle: "Rompí mi bici, y el egoísta de mi hermano se llevó la suya".

Esperó en la esquina unos cuantos minutos, escondiéndose detrás de un seto durante lo que le pareció una eternidad. Justo cuando pensaba en irse a casa, oyó unos pasos y supo que era demasiado tarde. Las manos húmedas por la preocupación le colgaban a los costados, y un hilo de sudor le corría desde la axila.

Se asomó por el seto. Ella llevaba puesto un suéter a cuadros blancos y negros, y del hombro le colgaba un bolso rojo. Vio que ella lo buscaba, parándose de puntillas para ver si él llegaba a la vuelta de la esquina.

"¿Qué he hecho?", pensó Alfonso. Se mordió el labio, se dijo menso y se dio un palmetazo en la frente. Alguien le golpeó la parte de atrás de la cabeza. Se volteó y vio a Ernie.

—Atrapamos las ranas, Alfonso —le dijo su hermano, alzando una bolsa de plástico que se meneaba agitadamente—. Luego te las enseño.

Con un ojo cerrado, Ernie observó a la chica por entre el seto.

—Ella no es una de las que se burlaron de Frostie y de mí —dijo finalmente—. ¿Todavía quieres que te preste mi bici?

Alfonso no podía creer en su buena suerte. ¡Qué hermano! ¡Qué amigo! Le prometió tomar su turno la próxima vez que le tocara lavar los platos. Ernie se sentó de un salto en el manubrio de Raymundo y dijo que recordaría esa promesa. Luego los dos partieron sin voltear a mirar hacia atrás.

Por fin sin preocupaciones ahora que su hermano había cumplido, Alfonso salió de su escondite detrás del seto con la bici de Ernie, la cual estaba salpicada de lodo, pero era mejor que nada. Sandra lo saludó agitando la mano.

—Hola —le dijo.

—Hola —contestó él.

Parecía muy contenta. Alfonso le dijo que su bici se había descompuesto y le preguntó si quería montar con él.

—Está bien —respondió ella, y se montó en la barra de un salto.

Alfonso tuvo que hacer su mayor esfuerzo para mantener estable la bici. Se puso en marcha poco a poco, con los dientes apretados, porque ella pesaba más de lo que él creía. Pero una vez que se echó a andar, todo fue más fácil. Pedaleó sin parar, a veces con una sola mano en el manubrio, mientras subían rápido por una calle y bajaban por otra. Cada vez que pasaba por encima de un bache, lo que ocurría a menudo, Sandra gritaba feliz, y una vez, cuando pareció que iban a chocar, ella puso su mano sobre la de él, y se sintió como amor.

BÉISBOL EN ABRIL

La noche antes de que Michael y Jesse fueran a hacer las pruebas para ingresar al equipo de las Ligas Menores por tercer año consecutivo, los dos hermanos estaban sentados en su habitación escuchando radio, golpeando sus guantes con los puños y hablando de cómo se agacharían para recoger roletadas o librarían a otro jugador para agarrar una pelota de un batazo lento y alto.

—Éste es el año —dijo Michael con la seguridad de un hermano mayor.

Simuló recoger la pelota a ras de tierra y lanzarla para sacar a un jugador que corría a primera. Golpeó su guante, miró a Jesse y le preguntó:

—¿Qué te pareció eso?

Cuando llegaron al parque Romain al día siguiente, había un centenar de chicos divididos en filas por grupos de edad: nueve, diez y once. Michael y Jesse se pusieron en su respectiva fila, con los guantes colgando flojamente de sus manos, esperaron a que les pusieran en la espalda un enorme número de papel para que los entrenadores del campo supieran quiénes eran.

Jesse se mordía la palma de la mano mientras avanzaba en la fila. Cuando dijeron su número, entró corriendo al campo haciendo sonar sus tenis negros contra el suelo. Miró a los chicos que seguían en la fila, y luego a Michael, quien le gritó:

—¡Lo vas a lograr!

La primera roletada, que dio tres rebotes, pasó rozando el guante de Jesse hasta el jardín central. Otra roletada salió tronando del bate, y él la agarró a ras de tierra, pero se le salió rodando del guante. Jesse la miró fijamente antes de recogerla y la lanzó a primera base. La siguiente logró recogerla limpiamente, pero su lanzamiento obligó al primera base a saltar en el aire con un gruñido exagerado, que lo hizo lucir bien a *él*. Le batearon tres pelotas más, y él logró atrapar una.

Su número se sacudió como ala rota cuando salió

corriendo del campo para sentarse en las graderías y esperar a que Michael entrara trotando al campo.

Michael corrió a toda prisa detrás de la primera roletada y la lanzó en plena carrera. Para la siguiente roletada, se hincó en una rodilla y la lanzó con calma a primera. Su número, un diecisiete chueco, aleteaba en su espalda cuando vio a un entrenador hacer una marca en su libreta.

Michael se abalanzó para atrapar el siguiente batazo pero falló, y la pelota se deslizó hasta el jardín central. Después del siguiente batazo, un elevado, se puso la mano en la frente para ver mejor, y cuando la pelota cayó él estaba ahí para atraparla de golpe con el guante. La boca se le infló al tratar de contener una sonrisa. El entrenador hizo otra marca en su libreta.

Cuando dijeron el siguiente número, Michael salió trotando del campo a paso lento con la cabeza en alto. Se sentó junto a su hermano, los dos pensativos y serios mientras veían a los otros chicos entrar y salir del campo.

Los entrenadores les dijeron que regresaran después del almuerzo para la prueba de bateo. Michael y Jesse corrieron a casa para comer un sándwich y hablar de lo que les esperaba por la tarde.

—No tengas miedo —le dijo Michael a su hermano con la boca llena de sándwich de jamón, aunque sabía que Jesse no era muy bueno para el bateo. Le enseñó cómo pararse.

19

Abrió las piernas, enterró el pie izquierdo en la alfombra como si apagara un cigarrillo y miró hacia donde vendría la pelota, a unos veinte pies frente a él cerca de la mesa de la cocina. Bateó una pelota imaginaria con un bate invisible, acortando el mango, y bateó de nuevo.

Luego se volteó hacia su hermano menor.

—¿Viste cómo se hace?

Jesse dijo que creía que sí e imitó el bateo de Michael hasta que Michael dijo:

—Sí, ya sabes hacerlo.

Jesse se sintió orgulloso de camino al parque, porque a los niños les impresionó el número de papel que llevaba en la espalda. Era como si fuera un soldado que se iba a la guerra.

—¿A dónde vas? —le preguntó Rosie, hermana de Johnnie Serna, el peleonero del parque. Tenía una bolsa grande de semillas de girasol y escupió una cáscara.

—A las pruebas —contestó Jesse, casi sin mirarla, mientras intentaba seguirle el paso a Michael.

En el campo de béisbol, Jesse volvió a ponerse nervioso. Se puso en la fila de los de nueve años y esperó su turno para batear. Algunos papás estaban pegados a la cerca, dando instrucciones de último momento a sus hijos.

Cuando le llegó el turno a Jesse, estaba temblando y trató de atraer la atención de Michael para tranquilizarse. Caminó hasta el cajón de bateo, golpeó ligeramente el bate en el plato —algo que había visto muchas veces en la televisión— y esperó. El primer lanzamiento fue uno alto y le pasó por arriba de la cabeza. El entrenador se rió.

Le dio duro al siguiente lanzamiento, logrando una pelota *foul* con efecto. Volvió a golpear ligeramente el bate contra el plato, pateó la tierra y se colocó en el cajón de bateo. Trató de pegarle a un lanzamiento bajo. Luego hizo un movimiento de prueba y le pegó a la siguiente pelota cortándola y haciéndola llegar hasta la orilla del césped del diamante, lo cual lo sorprendió, porque no sabía que tenía la fuerza como para mandarla tan lejos.

Jesse recibió diez lanzamientos y logró tres batazos, todos ellos roletadas hacia la derecha. Una pelota rebotó y le pegó en la cara a un chico que trataba de agarrarla. El chico intentó mantenerse firme mientras salía trotando del campo, la cabeza gacha, pero Jesse sabía que las lágrimas le brotaban de los ojos.

Jesse le entregó el bate al siguiente chico y fue a sentarse a las graderías a esperar que batearan los de diez años. Se sentía mejor que después de la prueba de atrapadas de la mañana, porque había logrado tres batazos. También pensó que se había visto fuerte parado en el plato, con el bate en alto sobre su hombro.

Michael llegó al plato y el primer batazo lo envió a tercera base. Envió el siguiente batazo al jardín izquierdo.

Estaba parado en su puesto hablando solo, dando pequeños saltos antes del siguiente lanzamiento, al que mandó sonoramente al campo externo. El entrenador hizo una marca en su libreta.

Luego de diez batazos, Michael salió trotando del campo y se unió a su hermano en las graderías. La boca se le infló otra vez al contener una sonrisa. Jesse sintió envidia de la demostración atlética de su hermano. Pensó: "Sí, él se va a quedar en el equipo, y yo sólo miraré desde las graderías". Se imaginó a Michael corriendo a casa con un uniforme bajo el brazo, mientras que él llegaba a casa con las manos vacías.

Vieron a otros chicos llegar al plato y conectar, hacer *fouls*, dar golpes secos, con efecto, escurrir y lanzar pelotas en curva por todo el campo. Cuando un *foul* rebotó hasta las graderías, Jesse lo atrapó. Sopesó la pelota en la palma de la mano, como si se tratara de una libra de salchicha boloñesa, y luego la arrojó de vuelta al campo. Un entrenador la vio pasar rodando junto a sus pies sin mostrar mayor interés.

Cuando todo terminó, les dijeron que recibirían una llamada telefónica a fines de la semana si habían sido seleccionados para el equipo.

El lunes en la tarde ya estaban ansiosos de que el teléfono sonara. Se apoltronaron en la sala después de clases y vieron el programa "*Double Dare*" en la televisión. Cada vez que Jesse iba a la cocina, le echaba un vistazo al teléfono. Una vez, mientras nadie lo veía, lo levantó para ver si funcionaba y oyó un largo zumbido.

El viernes, cuando ya era evidente que la llamada nunca llegaría, salieron al patio a jugar a recibir y practicar toques suaves con el bate.

—Me tenían que haber elegido para el equipo —dijo Michael mientras intentaba atrapar un golpe ligero de Jesse.

Jesse estaba de acuerdo con él. Si alguien merecía estar en el equipo era su hermano. Había sido el mejor en las pruebas.

Se lanzaron roletadas uno a otro. Algunas le dieron en el pecho a Jesse, pero la mayoría de ellas desaparecieron con facilidad en su guante. "¿Por qué no pude hacer esto el sábado pasado?", se preguntó. Se enojó consigo mismo, y luego se puso triste. Dejaron de jugar y volvieron a entrar para ver "*Double Dare*".

Michael y Jesse no entraron a las Ligas Menores ese año, pero Pete, un amigo de la escuela, les habló de un equipo de chicos de su escuela que practicaban en *Hobo Park*, cerca del centro de la ciudad. Después de clases, Michael y Jesse se fueron corriendo al parque. Tendieron sus bicis en el pasto y entraron al campo. Michael corrió al jardín, y Jesse se colocó en segunda base para practicar roletadas.

—Échame una rodadita —pidió Danny López, el tercera base.

Jesse lanzó de lado una pelota rodada, que Danny recogió al tercer rebote.

—¡Buena atrapada! —gritó Jesse.

Danny se veía complacido, palmeando el guante contra sus pantalones mientras regresaba rápidamente a tercera base.

Michael practicó la atrapada de palomitas con Billy Reeves hasta que Manuel, el entrenador, llegó en su camioneta. La mayoría de los chicos corrieron para decirle que querían jugar en primera, que en segunda, batear primero, tercero. Michael y Jesse se quedaron callados y un paso atrás del alboroto.

Manuel sacó una bolsa de lona de la parte trasera de su camioneta y caminó hacia la palmera que servía de defensa. Dejó caer la bolsa dando un gruñido y, dando algunas palmadas, les dijo a los chicos que se fueran colocando en el campo.

Los dos hermanos no se movieron. Cuando Pete le dijo al entrenador que Michael y Jesse querían jugar, Jesse se puso firme y trató de verse fuerte. Michael, como era mayor y más listo, se quedó de pie con los brazos cruzados sobre el pecho.

—¡Ustedes van a jugar en el jardín! —gritó el entrenador, y luego se volteó para sacar un bate y una pelota de la bolsa.

Manuel tenía más de cuarenta años y era paciente y paternal. Se ponía en cuclillas para conversar con los chicos, hablaba suavemente y escuchaba lo que tenían que decir.

Les susurraba "bien" cuando hacían atrapadas, aun las de rutina. Los chicos sabían que era bueno con ellos porque la mayoría no tenían padres, o los tenían pero estaban tan agotados de trabajar que llegaban a casa y se quedaban dormidos frente al televisor.

Luego de dos semanas de entrenamiento, Manuel anunció su primer partido.

—¿Contra quién vamos a jugar? —preguntó Pete.

—Contra los *Red Caps* —contestó Manuel—. Chicos de *West Fresno*.

—¿Y nosotros cómo nos llamamos? —preguntaron dos chicos.

—Los Hobos —dijo el entrenador sonriendo.

En dos semanas Jesse había mejorado. Pero Michael abandonó el equipo, porque encontró novia, una chica de andar lento que apretaba los libros contra el pecho mientras contemplaba ilusionada el rostro igualmente atontado de Michael. "Qué mensos",[1] pensaba Jesse al marcharse en su bici al entrenamiento.

Jesse era receptor y, como no tenía peto ni espinilleras, hacía una mueca de dolor detrás de su careta cada vez que el bateador tiraba con el bate. Las pelotas le pegaban en los brazos y el pecho, pero él nunca mostraba señal de dolor.

Sin embargo, su bateo no mejoró, y el equipo sabía

---

[1] mensos – tontos

que era seguro que lo sacarían *out*. Algunos de los chicos mayores trataban de darle consejos: cómo pararse, cómo darle continuidad al bateo y cómo ponerle el peso entero al batear la pelota. Aun así, cuando a Jesse le tocaba batear, los jardineros entraban al diamante como lobos que acechan su presa.

Antes de su primer partido, algunos de los miembros del equipo se reunieron temprano en *Hobo Park* para hablar de cómo iban a vapulear a los *Red Caps* y a mandarlos a casa a llorarles a sus mamás. Pronto llegaron otros para atrapar roletadas mientras esperaban al entrenador. Cuando lo vieron, corrieron a su camioneta y se treparon por los lados. El entrenador asomó la cabeza por la ventanilla de la cabina y les dijo que tuvieran cuidado. Esperó unos minutos a los chicos que venían más retrasados, y les hizo señas para que se subieran adelante con él. Durante el lento recorrido que hizo el equipo hacia el *West Side*, con el cabello al viento, pensaron que se veían de lo más bien.

Cuando llegaron, se bajaron de la camioneta de un salto y se quedaron cerca de Manuel, que saludó de lejos al otro entrenador mientras se echaba la bolsa de lona al hombro. Jesse examinó al otro equipo: la mayoría eran mexicanos como los de su equipo, pero había unos cuantos negros.

Manuel le dio la mano al otro entrenador. Hablaron en español en voz baja, y luego estallaron en carcajadas y se palmearon el hombro. Se dieron vuelta y fruncieron el ceño al ver el campo todo lodoso a causa de una lluvia reciente.

Jesse y Pete hicieron precalentamiento detrás de la defensa, tirándose la pelota despacio el uno al otro y tratando de mantenerse tranquilos. Jesse envidiaba a los *Red Caps*, que se veían más grandes y más temibles que su equipo y llevaban camisetas y gorras que hacían juego. Su equipo llevaba *jeans* y camisetas disparejas.

Los Hobos batearon primero y anotaron una carrera por un error y un doble al jardín izquierdo. Después batearon los *Red Caps* y anotaron cuatro carreras por tres errores. En la última carrera, Jesse estaba parado frente al plato, careta en mano, gritando: "¡Tengo una jugada! ¡Tengo una jugada!" Pero la pelota le pasó por arriba de la cabeza. Cuando logró recogerla, el corredor ya estaba sentado en la banca, respirando fuerte y sonriendo. Jesse le llevó la pelota al lanzador.

Lo miró atentamente y se dio cuenta de que Elías estaba aterrado. "¡Vamos, verás que puedes!", le dijo Jesse, poniendo el brazo alrededor del hombro del lanzador. Regresó al plato. Llevaba puesto un peto que le llegaba casi hasta las rodillas y lo hacía sentirse importante.

Los *Red Caps* no lograron hacer otra anotación durante esa entrada.

En su segundo turno al bate, los Hobos anotaron dos

carreras, por un batazo y un error que perjudicó al receptor de los *Red Caps*. Pero para la sexta entrada, los *Red Caps* iban adelante, dieciséis a nueve.

Los Hobos empezaron a discutir entre ellos. Su juego era torpe, muy distinto a las perfectas rutinas que dominaban en su propio campo. Los elevados al jardín caían a los pies de jugadores boquiabiertos. Las roletadas rodaban lentamente entre sus piernas. Hasta sus lanzamientos apestaban.

—¡Tenías que echarla a perder, menso! —le gritó Danny López al parador corto.

—¡Bueno, pero tú no has hecho ningún batazo, y *yo* sí! —replicó el parador en corto, señalándose el pecho.

Cuando comenzaron a insultarse, el entrenador desde la banca les dijo que se callaran.

Jesse se acercó al bate por cuarta vez esa tarde, con dos hombres en posición y dos *out*. Sus compañeros de equipo se lamentaban, porque estaban seguros de que lo iban a ponchar o de que pegaría una palomita. Peor aún, los *Red Caps* tenían un nuevo lanzador, que estaba lanzando muy fuerte.

Jesse le tenía casi tanto miedo a la pelota rápida del lanzador como a fallar. El entrenador se arrimó a la cerca, susurrando palabras de aliento. El equipo le gritó a Jesse que golpeara duro. "¡Échale ganas!", le gritaron, y así lo hizo, con el bate en alto sobre el hombro. Después de dos bolas y un *strike*, el lanzador hizo un lanzamiento bajo y duro hacia el muslo de Jesse. Jesse se quedó inmóvil, porque sabía que era la única manera en que llegaría a la base.

La pelota hizo un ruido sordo al pegarle, y él cayó agarrándose la pierna y tratando de contener las lágrimas. El entrenador corrió desde la banca y se inclinó sobre él, frotándole la pierna. Algunos de los chicos de su equipo se le acercaron para preguntar "¿Te duele?", "¿Puedo ser yo receptor ahora?" y "¡Déjeme correr por él, señor entrenador!".

Jesse se levantó y se fue cojeando a primera base. El entrenador hizo regresar al equipo a la banca y se fue trotando al puesto del entrenador en primera. Aunque le dolía la pierna, Jesse estaba feliz de estar en base. Sonrió, alzó la vista y se ajustó la gorra. "Así que así es esto", pensó. Dio unas palmadas y alentó al siguiente bateador, el principal del equipo. "Vamos, hombre, vamos, ¡tú puedes!". El bateador hizo volar la pelota muy alto hasta el fondo del jardín central. Mientras el jardinero pedaleaba hacia atrás y hacía la atrapada, Jesse le dio la vuelta a la segunda de camino a la tercera, sintiéndose maravillosamente por haber llegado tan lejos.

Hobo Park perdió, diecinueve a once, y volvieron a perder contra los *Red Caps* cuatro veces más esa temporada. Los *Hobos* estaban atascados en una liga de dos equipos.

Jesse siguió jugando hasta que la liga llegó a su fin. Cada vez menos jugadores iban a los entrenamientos, y el equipo empezó a usar niñas para reemplazar a los ausentes. Un día Manuel no se presentó con su bolsa de lona. Ese día les quedó claro a los cuatro chicos restantes que la temporada de béisbol había terminado. Lanzaron la pelota un rato, y luego se subieron a sus bicis y se fueron a casa. Jesse no se presentó al día siguiente para el entrenamiento. En vez de eso, se sentó frente a la televisión a ver a Supermán doblar barras de hierro.

Sin embargo se sintió culpable. Pensó que tal vez uno de los chicos había ido al entrenamiento sólo para encontrarse con que no había nadie. Si él hubiera ido, habría podido esperar en la banca o, inquieto por hacer algo, habría podido practicar elevados lanzando la pelota al aire y gritando solo "¡Es mía! ¡Es mía!".

DOS SOÑADORES

El abuelo de Héctor, Luis Molina, nació en la pequeña ciudad de Jalapa, pero dejó México para venir a Estados Unidos cuando tenía casi treinta años. Con frecuencia, durante los tranquilos días del verano, se sentaba en el patio de su casa y recordaba su ciudad natal, con su repiqueteo de pezuñas de caballos y burros, su limpieza, los empolvados crepúsculos, los grillos y el cielo nocturno tachonado de estrellas. También recordaba a su papá, un peluquero al que le gustaba escuchar radio, y a su mamá, que se ponía vestidos floreados y adoraba los juegos de naipes.

Pero eso había sido hacía muchos años, en el país de la infancia. Ahora, Luis Molina vivía en Fresno, en una calle sombreada, de casas tranquilas. Tenía cinco hijos, más nietos que los dedos de las manos y de los pies y era vigilante nocturno en la planta procesadora de pasitas *Sun-Maid Raisin*.

El nieto favorito de Luis era Héctor, quien como él, era soñador y tranquilo. Después de trabajar, Luis dormía hasta el mediodía, se duchaba y se sentaba a comer. Héctor, que pasaba los veranos con sus abuelos, acompañaba a su abuelo en la mesa y lo veía comer platos de frijoles con guisado de carne empapado en chile.

Luis y Héctor nunca decían mucho en la mesa. No era sino hasta que su abuelo terminaba y se sentaba en su silla favorita, que Héctor empezaba a hacerle preguntas sobre el mundo, tales como: "¿Cómo son los egipcios? ¿Es verdad que el mundo es redondo como una pelota? ¿Por qué nos comemos a los pollos pero ellos no nos comen a nosotros?".

Cuando Héctor cumplió nueve años, era el abuelo el que hacía las preguntas. Se había interesado en bienes raíces desde que se enteró de que, al vender una casa, su yerno había ganado suficiente dinero para comprar un auto nuevo y poner una cerca de ladrillos alrededor del patio. Le impresionó que un joven como Genaro pudiera comprar una casa, esperar un par de meses, venderla y ganar lo suficiente para poder comprarse un auto y construir una cerca de ladrillos.

Después del almuerzo, el abuelo le hacía señas al nieto para que fuera a sentarse junto a él.

—Ven, Héctor. Quiero hablar contigo.

Se sentaban cerca de la ventana en silencio hasta que el abuelo suspiraba y empezaba a interrogar a su nieto.

—¿Cuánto crees que vale esta casa? Mucho dinero, ¿no?

—Abuelo, me hiciste esa pregunta ayer —decía Héctor, estirando el cuello para examinar la casa. Era la casa amarilla cuya luz del portal estaba encendida noche y día.

—Sí, pero eso fue ayer. Ayer yo tenía cinco dólares en el bolsillo, y ahora sólo tengo tres. Las cosas cambian, hijo. ¿Entiendes?

Héctor miró la casa durante un buen rato antes de hacer un cálculo al azar.

—¿Treinta mil?

—¿De veras crees eso, muchacho?

Su abuelo se ponía a soñar, lleno de esperanza. Si esa casa valía treinta mil, entonces su propia casa, que estaba mejor cuidada y recién pintada, valía mucho más. Y en México, con treinta mil dólares se podían comprar muchas casas. Tenía la esperanza de que después de retirarse, su esposa y él regresarían a México, a Jalapa, donde toda la gente los miraría con respeto. No pasaría un día sin que el carnicero o el peluquero o el boticario o los chicos ambiciosos con signos de dólares en los ojos saludaran a *"El millonario"*.

Un día, después del almuerzo, el abuelo le dijo a Héctor que iban a ir a ver una casa.

—¿Qué casa?

La abuela de Héctor, que estaba limpiando la mesa, lo regañó:

—Viejo, estás chiflado. ¿Por qué quieres comprar una casa cuando ya tienes una?

El anciano la ignoró y fue al baño a rociarse colonia en la cara y a peinarse. Empujando suavemente a Héctor delante de él, salió de su casa para ver otra casa a dos cuadras de distancia.

Héctor y su abuelo se detuvieron frente a una casa rosada que tenía un letrero de "Se vende". El viejo sacó un lápiz y una pequeña libreta del bolsillo de su camisa y le pidió a Héctor que apuntara el número telefónico.

El abuelo midió a pasos la longitud de la casa a lo largo de la acera y notó las grietas en el estuco.

—Está bonita, ¿no? —le preguntó a Héctor.

—Me parece que sí.

—Claro que está bonita, hijo. Y es probable que no cueste mucho dinero, ¿no crees?

—Supongo. Si tú lo crees.

—¿Cuánto crees que cueste?

—No sé.

—Claro que sabes. A ver, dime.

—¿Treinta mil?

—¿Treinta mil? ¿Eso crees?

El abuelo se pasó lentamente la mano por la barbilla sin afeitar. Quizá podría comprarla. Quizá podría dar ocho mil dólares de pago inicial, los ahorros de toda su vida, y pagar un poco cada mes. Podría volver a pintar la casa, ponerle una reja de hierro forjado y plantar un limonero bajo la ventana delantera. También pondría una secuoya que crecería alta y frondosa para que la gente que pasara en auto por su calle la viera y supiera que Luis Salvador Molina vivía en esa hermosa casa.

Más tarde, mientras la abuela estaba de compras en el supermercado de los Hanoian, el abuelo insistió en que Héctor tomara el teléfono y llamara a ese número. Héctor, sintiéndose incómodo de tener que hablar con un adulto, especialmente uno que vendía cosas, se negó a involucrarse. Salió al patio a jugar a tirarle la pelota a Bon-Bon, el *poodle* de su abuela. Su abuelo lo siguió al patio y se entretuvo un rato con sus tomates. Finalmente, se acercó a Héctor y le dijo:

—Te daré dos dólares.

Pensando que era un muy buen trato, Héctor dejó al *poodle* sentado en sus patas traseras con una pelota de tenis toda babosa en el hocico, y entró en la casa detrás de su impaciente abuelo.

—Hijo, sólo pregunta cuánto. No es complicado —le aseguró su abuelo.

35

Héctor marcó el número torpemente.

Contuvo el aliento mientras el teléfono que marcó empezaba a sonar. Después se oyó un clic y una voz que decía:

—Inmobiliaria *Sunny Days*.

Antes de que esa persona alcanzara a preguntar: "¿Puedo ayudarlo en algo?", Héctor, que ya se sentía mareado y dudaba que esta llamada telefónica valiera dos dólares, preguntó:

—¿Cuánto?

—¿Qué?

—¿Cuánto cuesta? —repitió, acunando nerviosamente el teléfono entre las manos.

—¿De qué propiedad me habla?

La señora se notaba tranquila. Su voz era como la voz de la maestra de Héctor, que lo asustaba porque ella sabía todas las respuestas, más respuestas sobre las cosas del mundo que su propio abuelo, que sabía mucho.

—Una casa rosada en la calle Orange.

—Por favor espere; voy a buscar la información.

Héctor miró a su abuelo, que se peinaba frente al espejo del pasillo.

—Está investigando sobre la casa.

Después de un minuto, la mujer regresó.

—Esa dirección es el seis cuarenta y tres de la calle *South Orange*, una casita encantadora. Tiene dos dormitorios, un patio grande y todos los electrodomésticos, y los dueños están dispuestos a negociar si reciben un buen pago inicial. La casa también cuenta con…

Pero Héctor, apretando el teléfono fuertemente con las manos, la interrumpió y preguntó:

—¿Cuánto cuesta?

Hubo un momento de silencio. Luego la mujer dijo:

—Cuarenta y tres mil. Los dueños están ansiosos de venderla y tal vez acepten menos, tal vez cuarenta y un mil quinientos.

—Espere un minuto —le dijo Héctor a la mujer y miró a su abuelo—. Dice que cuarenta y tres mil.

El abuelo gruñó y su sueño se esfumó en el aire. Se guardó el peine en el bolsillo trasero.

—Tú dijiste que treinta mil, hijo.

—Yo no sabía… fue sólo un cálculo.

—Pero eso es mucho. Es demasiado.

—Bueno, yo no sabía.

—Pero tú vas a la escuela y sabes cosas.

Héctor miró el teléfono en su mano. ¿Por qué tenía que escuchar a su abuelo y llamar a una persona a la que ni siquiera conocía? Sintió cómo su abuelo se lamentaba a su lado y cómo del teléfono salía la vocecita de mosquito de una mujer que preguntaba:

—¿Quiere ver la casa? Puedo hacer una cita para

esta tarde, a las dos tal vez. Y, por favor, ¿me puede decir su nombre?

Héctor se puso el auricular en la oreja y dijo bruscamente:

—Cuesta demasiado.

—¿Me puede dar su nombre?

—Llamo de parte de mi abuelo.

Su abuelo se puso un dedo sobre los labios y soltó un "Sshhhh". No quería que ella supiera quién era, por temor a que lo llamara después y su esposa lo regañara por hacerse el pez gordo como su yerno, Genaro. Le quitó el auricular a Héctor y colgó.

Héctor no se molestó en pedir sus dos dólares. Salió y jugó a tirarle la pelota a Bon-Bon hasta que su abuela llegó a casa cargando una bolsa repleta de compras del mercado. Héctor le ayudó con la bolsa y le lanzó un vistazo a su abuelo, que estaba jugando solitario sobre una mesita cerca de la ventana. No parecía estar preocupado. Tenía una cara larga y serena, y sus ojos ya no se veían conmovidos por la emoción del dinero.

Mientras la abuela preparaba la cena, Héctor se apoltronó en el sofá a leer una revista de historietas. De pronto, el abuelo le dijo en voz baja:

—Héctor, ven acá.

Héctor miró por encima de la revista. Los ojos de su abuelo tenían una vez más ese húmedo delirio de la riqueza y de las casas rosadas. Se paró y dijo en voz muy alta:

—¿Qué quieres, abuelito?

—Sshhhh —dijo el viejo, agarrándolo para que se acercara—. Quiero que llames y preguntes por qué el estuco tiene grietas y por qué cuesta tanto dinero.

—No quiero —dijo Héctor, tratando de zafarse de la mano de su abuelo.

—Escucha, te daré algo muy, muy especial. Va a valer mucho dinero cuando seas grande, hijo. Ahora sólo vale un poco de dinero, pero después valdrá mucho.

Silbó y sacudió la mano.

—Mucho dinero, muchacho.

—No sé, abuelo. Tengo miedo.

—Sí, pero, ¿sabes?, vas a ser rico, hijo.

—¿Qué me vas a dar?

Su abuelo se levantó, sacó su monedero del bolsillo del pantalón y de un pliegue secreto del monedero sacó un billete de mil dólares de la época de la Confederación. El billete era verde, grande y tenía una ilustración de un soldado de barba larga.

Héctor quedó impresionado. Había visto la colección de botellas y fotografías antiguas de su abuelo, pero esto era algo nuevo. Se mordió el labio inferior y dijo:

—Está bien.

Su abuelo caminó de puntillas hasta el teléfono y jaló el

cable por el pasillo, alejándose de la cocina.

—Ahora, llama y acuérdate de preguntar el porqué de las grietas, y por qué cuesta tanto dinero.

Héctor estaba empezando a sudar. Su abuela estaba en la habitación de al lado, y si los sorprendía haciéndose pasar por poderosos magnates dueños de tierras, los regañaría a los dos. El abuelo se llevaría la peor parte, desde luego. Nunca acababan los pleitos entre ellos.

Marcó, esperó mientras sonaba dos veces y oyó a un hombre decir:

—Inmobiliaria *Sunny Days*.

—Quiero hablar con la mujer.

—¿La mujer? —preguntó el vendedor.

—La señora. La llamé hace un rato sobre la casa rosada.

Sin decir otra palabra, el hombre puso a Héctor en espera. Héctor miró a su abuelo, quien estaba atento a su esposa.

—Nos puso en espera.

El teléfono hizo clic y habló la mujer.

—¿Puedo ayudarlo en algo?

—Sí. Hablé con usted sobre la casa rosada, ¿se acuerda?

—Sí. ¿Por qué colgó?

—Mi abuelo colgó, yo no.

—Bueno, entonces, ¿en qué lo puedo ayudar?

Su tono de voz lo hizo sentir regañado.

—Mi abuelo quiere saber por qué la casa tiene tantas

grietas y por qué es tan cara.

—¿Qué?

—Mi abuelo dice que vio unas grietas.

Justo en ese momento resonó la insistente voz de la abuela:

—Viejo, ¿dónde andas? Quiero que abras este frasco.

Los ojos se les llenaron de terror a los dos. El abuelo colgó el teléfono mientras la mujer preguntaba, con esa vocecita de mosquito

—¿De qué está hablando?

—Viejo, ¿qué estás haciendo?

Héctor quiso esconderse en el clóset de la entrada, pero sabía que estaba lleno de abrigos además de la tabla de planchar. En lugar de eso, se agachó y simuló atarse el zapato. El abuelo fijó la vista en el espejo y comenzó a peinarse.

La abuela llegó al pasillo con un frasco de nopales.[1] Frunció el ceño y preguntó:

—¿Qué están haciendo, locos?

—Nada —contestaron en coro.

—Ustedes están tramando algo. Sus caras están manchadas de vergüenza.

Ella miró el teléfono como si fuera algo que no hubiera visto nunca antes y preguntó:

—¿Qué está haciendo esto aquí? ¿Le estás hablando a

---

[1] nopal – planta de la familia de las cactáceas
    que se utiliza en la cocina mexicana

una novia, viejo?

—No, no, viejita. No sé cómo llegó aquí.

Encogió los hombros y le dijo bajito a Héctor:

—Cuatro dólares.

Después, le dijo en voz alta:

—¿Tú sabes, hijo?

A Héctor le dio gusto poder salvar a su abuelo de un regaño que podría durar años enteros.

—Oh, es que yo le estaba hablando a mi amigo Alfonso para que viniera a jugar.

Ella los miró a los dos.

—¡Mentirosos!

—Es verdad, mi vida —dijo el abuelo—. Yo lo oí llamar a su amigo. Le dijo: "Alfonso, ven a jugar".

—Sí, abuelita.

Discutieron un poco, pero la abuela finalmente los dejó en paz. Con gusto abrieron el frasco de nopales y salieron felices a cortar el césped antes de cenar, como les había sugerido la abuela.

Héctor y su abuelo cortaron el césped de buen ánimo, sudando hasta que las camisas les quedaron empapadas debajo de los brazos. Hasta se arrodillaron para cortar con tijeras los manojos de pasto que la podadora había dejado.

Héctor no se atrevía a pedirle los cuatro dólares a su abuelo, pero mientras barría el camino de entrada y la acera, se puso a pensar que tal vez su abuelo sí que le debía ese dinero. Después de todo, él llamó a la señora, razonó, y no una sino dos veces. No era su culpa que la casa costara tanto dinero. Cuando terminaron, Héctor le preguntó:

—¿Y mis cuatro dólares?

Su abuelo, que empujaba la podadora para meterla en el garaje, frunció los labios y pensó un momento.

—¿Para qué le sirve el dinero a un joven como tú? —preguntó finalmente— No tienes necesidades, ¿o sí?

—¡Quiero mi dinero!

—¿Qué dinero?

—Tú sabes a qué me refiero. Se lo voy a decir a mi abuelita.

—Hijo, sólo estaba bromeando.

Lo último que quería era que su esposa lo regañara durante la cena. Hundió la mano en su monedero y sacó ocho monedas de veinticinco centavos.

— Aquí sólo hay dos dólares —reclamó Héctor.

—Sí, pero recibirás el resto cuando compre la casa rosada. Espera no más, hijo; uno de estos días serás un hombre rico. Algún día todo esto será tuyo.

Héctor no dijo nada. Estaba feliz con sus dos dólares, y más feliz estaba aún de que su abuela no los hubiera regañado. Después de poner en el césped el aspersor de riego, los dos industriosos hombres entraron a cenar.

BARBIE

El día después de Navidad, Verónica Solís y su hermana pequeña, Yolanda, se arremolinaron en el sofá a ver los dibujos animados de la mañana. El inepto inspector Gadget estaba otra vez en problemas, sin saber que la orilla del risco se desmoronaba bajo sus pies. Se estaba deslizando montaña abajo hacia un foso lleno de cocodrilos. Ordenó: "Sal, sombrilla, sal", y una sombrilla roja salió de repente de su sombrero. Logró aterrizar ileso a sólo unos pies de un cocodrilo verde oscuro y luego siguió su camino.

A Verónica le gustaba ese programa, pero en realidad esperaba el siguiente, "*My Little Pony*". Este programa tenía muchos comerciales de Barbie, y Verónica estaba enamorada de Barbie, su cabello rubio, su cintura esbelta, sus piernas largas y su glamorosa ropa colgada en diminutos ganchos. Siempre había querido una Barbie, y casi había recibido una la Navidad anterior, pero su tío Rudy, que tenía más dinero que todos sus demás tíos juntos, le había comprado el peor tipo de muñeca, una Barbie de imitación.

Verónica rasgó rápidamente la envoltura plateada de su regalo y encontró una muñeca de pelo negro con una nariz chata y vulgar, no como la bonita y puntiaguda nariz de Barbie. Quiso llorar, pero le dio a su tío un abrazo, forzó una sonrisa y se fue a su habitación a observar la muñeca. Una lágrima resbaló por su mejilla.

"¡Qué fea estás!", dijo bruscamente, y lanzó a la impostora contra la pared. La muñeca cayó al piso como muerta, con los ojos abiertos. Inmediatamente, Verónica se sintió avergonzada. Alzó la muñeca y la puso a su lado.

"Perdón. No te odio", murmuró. "Es sólo que no eres una Barbie de verdad". Notó que la frente se había desportillado donde había pegado contra la pared, y que las pestañas de un lado se estaban desprendiendo como una costra.

"¡Oh, no!", suspiró Verónica e intentó volver a poner la tira de pestañas en su lugar, pero ésta se soltó y se le pegó en el pulgar. "¡Caramba!", susurró, y regresó a la sala, donde su tío estaba cantando canciones navideñas mexicanas.

El tío hizo una pausa para tomar un sorbo de su taza de café y le dio una palmadita en la mano a Verónica.

—¿Ya le pusiste nombre a tu muñeca?

—No, todavía no.

Verónica miró el piso. Esperaba que él no le pidiera que se la mostrara.

—Veámosla. Le cantaré una canción —bromeó él.

Verónica no quería que él viera que la cara de la muñeca estaba desportillada y que uno de sus ojos se había quedado sin pestañas.

—Está dormida —le dijo.

—Bueno, en ese caso la dejaremos dormir —dijo él—. Le cantaré una canción de cuna en español.

Eso había sucedido el año pasado. Tampoco recibió ninguna Barbie esta Navidad. Ésta era sólo una fría mañana de invierno frente a la televisión.

Su tío Rudy llegó a casa con su novia, Donna. La mamá de Verónica se sintió incómoda. ¿Por qué había venido con la novia? ¿Será que llegó la hora…? Se secó las manos con un trapo de cocina y les dijo a los niños que salieran a jugar. Se volvió hacia la mujer e, ignorando a su hermano, le preguntó:

—¿Qué recibió de Navidad?

—Una bata y unas pantuflas —contestó ella, mirando a Rudy, y añadió—: y mi hermano me regaló una sudadera.

—Venga, siéntese. Pondré a hacer café.

—Helen, ¿podrías decirle a Verónica que venga? —preguntó Rudy— Tenemos un regalo extra para ella.

—Está bien —dijo ella, dirigiéndose apresuradamente a la cocina y con cara de preocupación, porque aquí pasaba algo y podía tratarse de matrimonio.

Llamó:

—¡Verónica, tu tío quiere verte!

Verónica soltó su extremo de la cuerda de saltar, dejando a su hermana y su hermano que siguieran sin ella. Entró en la casa y se acercó a su tío, pero no podía dejar de mirar a la mujer.

—¿Cómo va la escuela? —le preguntó su tío.

—Bien —respondió ella tímidamente.

—¿Estás sacando buenas calificaciones?

—Muy buenas.

—¿Tan buenas como las de los chicos? ¿Mejores?

—Mucho mejores.

—¿Algún novio?

Donna le dio una palmadita juguetona en el brazo a Rudy.

—Rudy, ya deja de fastidiar a la niña. Dáselo.

—Está bien —dijo él, dándole una palmadita en la mano a Donna. Se volvió hacia Verónica—. Tengo algo para ti. Algo que sé que querías.

La novia del tío Rudy tomó un paquete que tenía a sus pies y sacó una Barbie con un traje de baño de una sola pieza a rayas.

—Esto es para ti, cariño.

Verónica miró a la mujer, y luego la muñeca. Los ojos de la mujer eran casi tan azules, y su cabello casi tan rubio como el de Barbie. Verónica tomó lentamente la Barbie de su mano y dijo en voz muy suave:

—Gracias.

Le dio a su tío un gran abrazo, teniendo cuidado de no aplastar a Barbie contra el pecho del tío. Le sonrió a la mujer, y después a su mamá, que regresaba de la cocina con una jarra de café y un plato de rosquillas bañadas en azúcar.

—¡Mira, mamá, una Barbie! —dijo Verónica muy contenta.

—Oh, Rudy, estás malcriando a esta niña —lo reprendió la señora Solís.

—Y eso no es todo —dijo Rudy—. Donna, enséñale los vestidos.

La mujer sacó tres vestiditos: uno de verano, un traje de chaqueta y pantalón, y uno de gala con encajes color madreperla.

—¡Están preciosos! —dijo la mamá. Tomó el vestido de verano y se rió de ver lo pequeño que era.

—Me gustan mucho —dijo Verónica—. Son iguales a los de la tele.

Los adultos tomaron sorbos de café y miraron cómo Verónica inspeccionaba los vestidos. Después de unos minutos, Rudy se incorporó y carraspeó.

—Tengo algo que anunciarte —le dijo a su hermana, quien ya sospechaba de qué se trataba—. Nos vamos a casar. Pronto.

Le dio una palmadita en la mano a Donna, la cual lucía un anillo deslumbrante, y anunció por segunda vez que Donna y él se iban a casar. La fecha no se había fijado todavía, pero celebrarían su boda en la primavera. La mamá de Verónica, fingiendo sorpresa, levantó los ojos y dijo:

—¡Oh, qué maravilla! Oh, Rudy… y Donna.

Besó a su hermano y a la mujer.

—¿Oíste, Verónica? Tu tío se va a casar.

Titubeó, y después añadió:

—Con Donna.

Verónica aparentó estar feliz, pero estaba demasiado ocupada con su muñeca nueva.

En su habitación, Verónica abrazó a su Barbie y le dijo que estaba muy bonita. La peinó con un peinecito azul y le puso los tres vestidos. Imaginó que Barbie había salido a almorzar con una amiga del trabajo, la Barbie falsa con la frente desportillada y un ojo sin pestañas.

—¡Oh, mira… chicos! —dijo la muñeca fea— ¡Están

guapísimos!

—Oh, esos chicos —repuso Barbie fríamente—. Están bien, pero Ken es mucho más apuesto. Y más rico.

—A mí me parecen guapos. Yo no soy tan bonita como tú, Barbie.

—Es cierto —dijo Barbie—. Pero aun así me caes bien. ¿Cómo está tu sándwich?

—Muy bueno, aunque no tan bueno como el tuyo —contestó la muñeca fea.

Verónica estaba ansiosa de hacer de Barbie la persona más feliz del mundo. Le puso su traje de baño y le dijo con un fingido acento británico:

—Luces impresionante, chiquita.

—¿Y con quién te vas a casar? —preguntó la Barbie falsa.

—Con el rey —anunció ella. Verónica le levantó los brazos móviles—. El rey me va a comprar un yate y me va a construir una piscina —Verónica hizo que Barbie se zambullera en una piscina imaginaria—. El rey me quiere más que al dinero. Moriría por mí.

Verónica jugó en su cuarto toda la tarde, y al día siguiente llamó a su amiga Martha. Martha tenía dos Barbies y un Ken. Invitó a Verónica a que fuera a jugar con las Barbies, y jugaron. Las tres Barbies fueron a Disneylandia y a *Magic Mountain*, y comieron en un restaurante caro donde hablaron sobre chicos. Después las tres besaron por turnos a Ken.

—¡Ken, besas muy fuerte! —rió Martha.

—Se te olvidó afeitarte —gimoteó Verónica.

—Lo siento —dijo Ken.

—Así está mejor —dijeron ellas riendo, y juntaron las caras de los dos muñecos.

Pero al atardecer las dos niñas tuvieron una discusión cuando Martha trató de intercambiar las Barbies para quedarse con la Barbie nueva de Verónica. Verónica se dio cuenta de que Martha quería hacer trampa y la empujó contra la cómoda, gritando:

—¡Tonta tramposa!

Se fue con sus tres vestidos y su Barbie bajo el brazo.

En la esquina abrazó y besó a Barbie.

—Es la última vez que vamos a su casa —dijo Verónica—. ¡Casi te roba!

Se sentó en la orilla de la acera, le puso a Barbie su traje sastre y luego atravesó un callejón donde sabía que había un naranjo. Se detuvo bajo el árbol, que estaba cargado de naranjas del tamaño de pelotas de *softball*, y tomó una.

De camino a casa, peló la naranja con sus uñas algo despintadas y observó el vecindario. Estaba feliz con su Barbie apretada bajo el brazo. Estaba a punto de caer la tarde y, pronto, Barbie y ella se sentarían a cenar. Cuando se acabó la naranja, se limpió las manos en los pantalones y se puso a jugar con Barbie.

—Oh, éste es un bonito día para lucir preciosa —dijo Barbie—. Sí, voy a…

Verónica se detuvo a media frase. La cabeza de Barbie había desaparecido. Verónica pasó su mano por el espacio donde una sonrisa y una cabellera rubia habían estado hacía apenas unos minutos.

—¡Caramba! —exclamó— Perdió la cabeza.

Se arrodilló ahí mismo y comenzó a buscarla por todo el suelo. Levantó hojas secas, tierra suelta y tapas de botellas.

—¿Dónde estará?

Revisó la cuneta, repleta de hojas, y pasó la mano por la maleza a lo largo de una cerca. Volvió lentamente sobre sus pasos hasta el callejón, explorando desesperadamente el suelo. Miró a la Barbie sin cabeza en su mano. Quería llorar, pero sabía que eso sólo le empañaría la vista.

—¿Dónde estás? —Verónica llamó a la cabeza— Por favor, déjame encontrarte.

Llegó al naranjo. Se agachó y buscó a gatas, pero no encontró nada. Golpeó el suelo con los puños y rompió a llorar.

—¡Está arruinada! —dijo sollozando— ¡Oh, Barbie, mírate! Ya no eres bonita.

Miró a Barbie con enojo a través de sus lágrimas. ¿Cómo había podido Barbie hacerle eso después de sólo un día?

Durante la hora siguiente registró la calle y el callejón. Incluso tocó a la puerta de Martha y le preguntó si había visto la cabeza de Barbie.

—No —contestó Martha. Mantuvo entreabierta la puerta, porque tenía miedo de que Verónica todavía estuviera enojada con ella por haber tratado de intercambiar las Barbies—. ¿La perdiste?

—Se cayó. No sé qué pasó. Era nueva.

—¿Cómo se cayó?

—¿Cómo podría saberlo? Simplemente se cayó. ¡La muy tonta!

Verónica parecía tan afligida que Martha salió y le ayudó a buscar, asegurándole que juntas encontrarían la cabeza.

—Una vez perdí las llaves de mi bici en el parque —dijo Martha—. Busqué y busqué. Me puse de rodillas y me arrastré por todas partes. Nadie me ayudó. Las encontré sola.

Verónica ignoró la cháchara[1] de Martha. Estaba muy ocupada separando yerbas con las manos y volteando piedras y pedazos de madera bajo los cuales podía haber rodado la cabeza. Poco después tuvo que hacer un gran esfuerzo para concentrarse y obligarse a recordar qué era lo que estaba buscando.

---

[1] cháchara – conversación

—La cabeza —dijo—, busco la cabeza.

Pero todo se le confundió. Había mirado tanto tiempo el suelo que ya no podía distinguir entre un cascarón de huevo y una pistola de agua astillada.

Si sólo pudiera hablar, deseó Verónica, que una vez más estaba al borde de las lágrimas. Si sólo pudiera gritar: "¡Aquí, aquí estoy, junto a la cerca! Ven y tómame".

Se culpó a sí misma, y después a Martha. Si no hubieran tenido esa discusión, todo habría marchado bien. Ella habría jugado, y luego regresado a casa. Probablemente le había dado mala suerte a su Barbie cuando empujó a Martha contra la cómoda. Tal vez fue entonces que la cabeza de Barbie se aflojó; ella sostenía a Barbie mientras peleaba con Martha.

Cuando empezó a oscurecer, Martha dijo que se tenía que ir.

—Pero te ayudaré mañana si quieres —añadió.

Verónica frunció la boca y gritó:

—¡Todo es culpa tuya! Tú me hiciste enojar. Trataste de hacerme trampa. Mi Barbie era más bonita que las tuyas, ¡y ahora ve lo que has hecho!

Levantó a la Barbie sin cabeza para que Martha la viera. Martha se volteó y echó a correr.

Esa noche Verónica se sentó en su cuarto. Sintió que había traicionado a Barbie por no cuidar de ella, y no podía soportar mirarla. Quería decírselo a su mamá, pero sabía que su mamá la regañaría por ser una mensa.[2]

—Si sólo pudiera decírselo a la novia de mi tío Rudy —dijo—. Ella entendería. Ella haría algo.

Finalmente, Verónica se puso su camisón, se lavó los dientes y de un salto se metió en la cama. Se puso a leer un libro de la biblioteca sobre una niña de la Ciudad de Nueva York que había perdido a su gato, pero lo arrojó a un lado porque las palabras en la página no significaban nada. Era una historia inventada, mientras que su propia tristeza era verdadera.

—No debí haber ido —dijo Verónica, mirando fijamente el techo—. Debí haberme quedado en casa jugando sola.

Se incorporó y trató de volver a leer, pero no podía concentrarse. Se escarbó una costra en la muñeca y trató de adormecerse con pensamientos tristes. Cuando no pudo soportarlo más, se quitó las cobijas de una patada y caminó hasta donde estaba su Barbie, tendida sobre una cómoda. Tomó a la Barbie falsa, también.

—Vamos a dormir —les susurró a ambas muñecas, y se las llevó cariñosamente a la cama.

---

[2] mensa – tonta

BLUES SIN GUITARRA

En el momento en que Fausto vio al grupo Los Lobos en la tele en el programa *American Bandstand*, supo exactamente qué quería hacer con su vida: tocar guitarra. Sus ojos se agrandaron de emoción al ver a Los Lobos tocar una canción mientras los adolescentes rebotaban unos contra otros en la atestada pista de baile.

Había visto *American Bandstand* durante años y había oído a Ray Camacho y los *Teardrops* en el parque Romain, pero nunca se le había ocurrido que él también podía ser músico. Esa tarde Fausto supo cuál era su misión en la vida: tocar guitarra en su propia banda; sudar cantando sus canciones y pavonearse en el escenario; ganar mucho dinero y vestirse estrafalariamente.

Fausto apagó el televisor y salió, preguntándose cómo podría conseguir suficiente dinero para comprar una guitarra. No se la podía pedir a sus papás, porque sólo le dirían: "El dinero no cae del cielo" o "¿Qué crees que somos, banqueros?". Y aparte, odiaban el rock. Les gustaba la música de conjunto de Lydia Mendoza, del Flaco Jiménez y de *Little Joe* y La Familia. Y, según Fausto recordaba, el último álbum que habían comprado era *Las ardillas cantan sus villancicos preferidos*.

Pero nada perdía con tratar. Volvió a entrar y observó a su mamá haciendo tortillas. Se inclinó sobre el mostrador de la cocina tratando de juntar fuerzas para pedirle una guitarra. Finalmente, no pudo contenerse más.

—Mamá —dijo—, quiero una guitarra para Navidad.

Ella dejó de mirar las tortillas y levantó sus ojos hacia Fausto.

—Cariño, una guitarra cuesta mucho dinero.

—¿Y para mi cumpleaños el próximo año? —intentó de nuevo.

—No te lo puedo prometer —dijo ella, regresando a sus tortillas—, pero ya veremos.

Fausto salió otra vez, con una tortilla con mantequilla. Sabía que su mamá tenía razón. Su papá era almacenero en

Berven Rugs, donde ganaba mucho dinero, aunque no lo suficiente para comprar todo lo que sus hijos querían.

Fausto decidió podar céspedes para ganar dinero, y ya empujaba la podadora por la calle, cuando se dio cuenta de que era invierno y que nadie lo contrataría. Regresó con la podadora y tomó un rastrillo. Montó de un salto en la bici de su hermana (la suya tenía las dos llantas desinfladas) y se encaminó hacia el norte, a la sección más bonita de Fresno, en busca de trabajo. Tocó de puerta en puerta, pero después de tres horas sólo consiguió un trabajo, y no de rastrillar hojas. Le pidieron ir de prisa a la tienda a comprar una hogaza de pan, a cambio de lo cual recibió una moneda de veinticinco centavos, toda sucia y llena de tierra.

También recibió una naranja, que se comió sentado al borde de la acera. Mientras comía, un perro se le acercó y le olfateó la pierna. Fausto lo apartó y lanzó al aire una cáscara de naranja. El perro la atrapó y se la comió de un bocado. Miró a Fausto y movió la cola pidiendo más. Fausto le arrojó un gajo de naranja, y el perro lo devoró y se lamió el hocico.

—¿Por qué te gustan las naranjas, perro?

El perro hizo parpadear sus ojos tristes y gimoteó.

—¿Qué pasa? ¿Te comieron la lengua los ratones?

Fausto se rió de su propio chiste y le ofreció otro gajo.

En ese momento, una tenue luz se le encendió a Fausto en la cabeza. Vio que aquél era un perro medio fino, un *terrier* o algo así, con placa de identificación y un collar reluciente. Y parecía bien alimentado y saludable. En su vecindario, a los perros nunca les sacaban licencia, y si se enfermaban los ponían cerca del calentador de agua hasta que sanaban.

Este perro parecía pertenecer a gente rica. Fausto se limpió las manos pegajosas en los pantalones y se puso de pie. La luz en su cabeza se había vuelto más brillante. Podría funcionar. Llamó al perro, le dio palmaditas en el musculoso lomo y se agachó para ver la licencia.

—Perfecto —dijo—. Hay una dirección.

El perro se llamaba Roger, lo que le pareció raro a Fausto, porque nunca había sabido de un perro con nombre humano. Los perros debían tener nombres como Bombardero, Pecas, Reina, Feroz y Cero.

Fausto planeó devolver el perro a sus dueños y cobrar una recompensa. Diría que había encontrado a Roger cerca de la autopista. Eso asustaría mucho a los dueños, quienes se pondrían tan contentos que probablemente le darían una recompensa. Se sintió mal por mentir, pero el perro *sí* andaba suelto. Y realmente podía estar perdido, porque la dirección estaba a seis cuadras.

Fausto escondió el rastrillo y la bici de su hermana detrás de un arbusto y, lanzándole una cáscara de naranja cada vez que el perro se distraía, logró llevarlo hasta su casa.

Titubeó en el portal hasta que Roger empezó a rascar la puerta con una pata lodosa. Fausto ya había llegado hasta ahí, así que supuso que podía llegar hasta el final. Tocó suavemente a la puerta. Como nadie contestó, tocó el timbre. Un hombre con una sedosa bata de baño y pantuflas abrió la puerta y pareció confundido al ver al perro y al chico.

—Señor —dijo Fausto, agarrando a Roger por el collar—. Encontré a su perro junto a la autopista. Su licencia dice que vive aquí.

Fausto miró al perro, y luego al señor.

—Así es, ¿no?

El hombre miró a Fausto largo rato antes de decir con una voz agradable:

—Así es.

Se ajustó la bata para resguardarse del frío y le pidió a Fausto que entrara.

—¿Así que estaba junto a la autopista?

—Ajá.

—Perro travieso y entrometido —dijo el hombre, agitando el dedo—. Probablemente también escarbaste algunos basureros, ¿no?

Fausto no dijo nada. Miró a su alrededor, sorprendido con los muebles lustrosos y un televisor tan grande como la ventana del frente de su casa. Un olor a pan caliente llenaba el aire, y el suave tintineo de una música llegaba flotando desde otra habitación.

—Helen —dijo el señor en dirección a la cocina—. Tenemos un visitante.

La esposa llegó a la sala limpiándose las manos con un paño para secar platos y sonrió.

—¿Y a quién tenemos aquí? —preguntó con una de las voces más suaves que Fausto hubiera oído jamás.

—Este joven dice que encontró a Roger cerca de la autopista.

Fausto le repitió su historia mientras miraba un reloj perpetuo con un cristal en forma de campana, del tipo que su tía recibió cuando celebró sus bodas de plata. La señora arrugó la frente y dijo, agitando un dedo frente a Roger:

—¡Qué chico tan travieso!

—Fue muy amable de tu parte que trajeras a Roger a casa —le dijo el señor—. ¿Dónde vives?

—Junto al terreno baldío en Olive —respondió—. ¿Lo conoce? Cerca de la floristería *Brownie's Flower Place*.

La mujer miró a su esposo, y luego a Fausto. En sus ojos centellearon triángulos de luz cuando dijo:

—Bueno, joven, probablemente usted tiene hambre. ¿Qué tal un envuelto?

—¿Qué tengo que envolver? —preguntó Fausto,

pensando que la mujer le estaba pidiendo que le ayudara a hacer algún paquete.

—No, no, querido, es una clase de pastel.

Lo tomó por el brazo y lo guió a la cocina, que resplandecía con cacerolas de cobre y papel tapiz amarillo brillante. Lo llevó hasta la mesa de la cocina y le dio un enorme vaso de leche y algo que parecía un tamal. Cuando él lo partió en dos, salieron humeantes ondas de vapor caliente. Se lo comió con los ojos puestos en el señor y la señora, quienes, tomados del brazo, le sonreían. "Son extraños", pensó él. "Pero amables".

—Muy sabroso —dijo al terminar el pastel—. ¿Lo hizo usted, señora?

—Sí. ¿Quieres otro?

—No, gracias. Ya tengo que irme a casa.

Cuando Fausto se dirigía a la puerta, el hombre abrió su cartera y sacó un billete.

—Esto es para ti —dijo—. Roger es especial para nosotros, casi como un hijo.

Fausto vio el billete y supo que estaba en problemas. No con esas buenas personas ni con sus papás, sino consigo mismo. ¿Cómo podía haber sido tan mentiroso? El perro no estaba perdido. Sólo estaba dando un divertido paseo sabatino.

—No puedo aceptarlo.

—Tienes que hacerlo. Lo mereces, créemelo —dijo el hombre.

—No.

—¡Ay! No seas tonto —dijo la señora.

Le quitó el billete a su esposo y lo metió en el bolsillo de la camisa de Fausto.

—Eres un chico encantador. Tus padres tienen suerte de tenerte. Sé bueno. Y ven a visitarnos otra vez, por favor.

Fausto salió, y la señora cerró la puerta. Fausto apretó el billete en el bolsillo de su camisa. Tuvo ganas de tocar el timbre y pedirles que por favor aceptaran el dinero de vuelta, pero sabía que se negarían. Se apresuró, y al final de la cuadra sacó el billete del bolsillo de su camisa: era un flamante billete de veinte dólares.

"¡Caray! No debí mentir", se dijo en voz baja mientras recorría la calle como zombi. Quiso correr a la iglesia para la confesión del sábado, pero ya eran más de las cuatro y media, hora en que la confesión terminaba.

Regresó al arbusto donde había escondido el rastrillo y la bici de su hermana y se fue despacio a casa, sin atreverse a tocar el dinero en su bolsillo. En casa, en la privacidad de su cuarto, examinó el billete de veinte dólares. Nunca había tenido tanto dinero. Probablemente era suficiente para comprar una guitarra de segunda mano. Pero se sintió mal, como el día en que robó un dólar del pliegue secreto de la cartera de su hermano mayor.

Salió y se sentó en la cerca.

—Sí —dijo—. Probablemente pueda comprar una guitarra por veinte dólares. Tal vez en una venta de garaje, donde todo es más barato.

Su mamá lo llamó a cenar.

Al día siguiente se vistió para ir a la iglesia sin que nadie se lo dijera. Iba a ir a la misa de ocho.

—Voy a ir a la iglesia, mamá —dijo.

Su mamá estaba en la cocina preparando papas y chorizo con huevos. Una pila de tortillas se alzaba, caliente, bajo un paño para secar platos.

—Oh, estoy tan orgullosa de ti, hijo.

Ella resplandeció, volviéndose hacia las crujientes papas.

Su hermano mayor, Lawrence, que estaba en la mesa leyendo las tiras cómicas, la imitó burlón, en voz baja: "Oh, estoy tan orgullosa de ti, hijo".

En la iglesia de Santa Teresa, Fausto se sentó bien adelante. Cuando el padre Jerry empezó diciendo que todos somos pecadores, pensó que lo miraba directamente a él. ¿Podía saberlo? Fausto se agitó nerviosamente. "No", pensó. "Si apenas lo hice ayer".

Se arrodilló, rezó y cantó. Pero no podía olvidar al señor y a la señora, cuyos nombres ni siquiera sabía, ni el pastel que le habían dado. Tenía un nombre extraño, pero estaba realmente delicioso. Se preguntó cómo se habían hecho ricos. Y cómo funcionaba ese reloj con campana. Una vez le había preguntado a su mamá cómo funcionaba el reloj de su tía. Ella le dijo que sólo funcionaba, como funciona el refrigerador. Lo hacía y ya.

Fausto sorprendió a su mente divagando y trató de concentrarse en sus pecados. Dijo un Ave María y cantó, y cuando el cesto de mimbre pasó a su lado, se metió una mano al bolsillo de mala gana y sacó el billete de veinte dólares. Lo planchó entre sus palmas y lo dejó caer en el cesto. Los adultos lo miraron fijamente. Ahí estaba un chico echando veinte dólares al cesto mientras ellos sólo daban tres o cuatro dólares.

Habría una segunda colecta para San Vicente de Paúl, anunció el lector. Los cestos de mimbre flotaron de nuevo entre las bancas, y esta vez los adultos alrededor de Fausto, dada una segunda oportunidad de mostrar su caridad, buscaron bien en sus carteras y monederos y echaron billetes de cinco y de diez. Fausto arrojó esta vez la moneda sucia de veinticinco centavos.

Se sintió mejor después de la iglesia. Fue a casa y jugó fútbol en el patio con su hermano y algunos chicos vecinos. Se sintió libre de maldad, y estaba tan contento que jugó uno de sus mejores partidos de fútbol de todos los tiempos. En una jugada, se rompió los pantalones buenos, que sabía que no debía llevar puestos. Por un segundo, mientras examinaba el agujero, deseó no haber donado los veinte dólares.

"¡Pude comprarme unos jeans *Levis*, caray!", pensó. Imaginó cómo se gastaban sus veinte dólares en comprar velas para la iglesia. Se imaginó a un cura comprando un montón de flores con *su* dinero.

Tuvo que abandonar la idea de comprar una guitarra. Pasó el día siguiente jugando fútbol con sus pantalones buenos, que ya eran sus pantalones viejos. Pero esa noche, durante la cena, su mamá dijo que recordaba haber visto un viejo guitarrón la última vez que había limpiado el garaje de su papá.

—Está un poco empolvado —le dijo su mamá, sirviéndole sus enchiladas favoritas—. Pero creo que todavía sirve. Tu abuelito dice que sí.

Fausto paró las orejas. Ésa era la misma clase de guitarra que tocaba el tipo de Los Lobos. En vez de pedírsela, esperó a que su mamá se la ofreciera. Y así lo hizo ella, mientras recogía los platos de la mesa.

—No, mamá, yo lo haré —le dijo él, abrazándola—. Yo lavaré los platos siempre si tú quieres.

Ése fue el día más feliz de su vida. No, fue el segundo día más feliz de su vida. El más feliz fue cuando su abuelo Lupe puso en sus manos el guitarrón, que era casi tan grande como una tina. Fausto pasó un pulgar por las cuerdas, que vibraron en su garganta y en su pecho. Sonaba bonito, profundo y misterioso. Una enorme sonrisa le iluminó el rostro.

—Está bien, hijo; ahora pon los dedos así —le dijo su abuelo, que olía a tabaco y a loción para después de afeitarse.

Le tomó los dedos a Fausto y se los puso sobre las cuerdas. Fausto rasgó un acorde en el guitarrón, y el bajo resonó en el pecho de ambos.

El guitarrón era más complicado de lo que Fausto se imaginaba. Pero estaba seguro de que, después de unas cuantas lecciones más, podría comenzar una banda que algún día tocaría en el programa *American Bandstand* para una multitud de bailarines.

SÉPTIMO GRADO

El primer día de clases, Víctor estuvo parado media hora en una fila antes de llegar a una tambaleante mesa de juego. Le entregaron un paquete de hojas y una ficha de computadora en la que marcó la asignatura electiva de su preferencia, francés. Ya hablaba español e inglés, pero pensó que algún día podría viajar a Francia, donde el clima era fresco; no como en Fresno, donde en los días de verano la temperatura llegaba a 110 grados a la sombra. En Francia había ríos e iglesias enormes, y gente de tez clara por todas partes, así como había gente de tez morena por dondequiera que iba Víctor.

Además, Teresa, una chica que le había gustado desde que estaban en clases de catecismo en la iglesia de Santa Teresa, también tomaría francés. Con un poco de suerte, estarían en la misma clase. "Teresa va a ser mi novia este año", se prometió mientras salía del gimnasio lleno de estudiantes con su nueva ropa de otoño. Ella era bonita. "Y buena para las matemáticas, también", pensó Víctor mientras pasaba por el pasillo hacia su salón de clases.

Tropezó con su amigo Michael Torres junto al surtidor de agua que nunca se cerraba. Se dieron la mano estilo raza[1] y un saludo de vato[2] sacudiendo las cabezas.

—¿Por qué pones esa cara, ése[3]? —preguntó Víctor.

—No estoy poniendo ninguna cara. Así *es* mi cara.

Michael dijo que su cara había cambiado durante el verano. Había leído una revista *GQ* que su hermano mayor tomó prestada de la biblioteca móvil, y se dio cuenta de que todos los modelos masculinos tenían la misma expresión. Aparecían de pie, con un brazo alrededor de una mujer hermosa, *frunciendo el ceño*. Se sentaban junto a una piscina, con el ondulado abdomen oscurecido por la sombra, *frunciendo el ceño*. Se sentaban a la mesa del comedor con bebidas refrescantes en las manos, *frunciendo el ceño*.

—Creo que funciona —le dijo Michael. Frunció el ceño

---

[1] raza – referente a los latinos de EE.UU.

[2] vato – muchacho

[3] ése – expresión equivalente a "hombre"

e hizo temblar el labio superior. Aparecieron sus dientes, junto con la ferocidad de su alma—. Belinda Reyes pasó junto a mí hace rato y me miró.

Víctor no dijo nada, aunque pensó que su amigo se veía algo extraño. Hablaron de películas recientes, de béisbol, de sus papás y de los horrores de tener que recolectar uvas para comprar su ropa de otoño. Recolectar uvas era como vivir en Siberia, excepto por el calor y porque era más aburrido.

—¿Qué clases vas a tomar? —le preguntó Michael, frunciendo el ceño.

—Francés. ¿Y tú?

—Español. No soy muy bueno para el español, aunque soy mexicano.

—Yo tampoco, pero soy mejor para eso que para las matemáticas, eso sí.

Un agudo timbre sonó tres veces y obligó a los estudiantes a ir a sus *homerooms*. Los dos amigos se golpearon uno a otro en el brazo y siguieron su camino. Víctor se alejó pensando: "¡Qué raro, caray! Michael cree que se ve guapo poniendo esa cara".

De camino a su *homeroom*, Víctor trató de fruncir el ceño. Se sintió ridículo, hasta que vio con el rabillo del ojo que una chica lo miraba. "Umm", pensó, "tal vez sí funciona". Frunció el ceño con mayor convicción.

En el *homeroom* se pasó lista, se repartieron las tarjetas

de emergencia y se les dio un boletín para que se lo entregaran a sus padres. El director, el señor Belton, habló por el chirriante altavoz y dio la bienvenida a los estudiantes a un nuevo año, nuevas experiencias y nuevas amistades. Los estudiantes se retorcían en sus sillas y lo ignoraban. Estaban ansiosos de ir a su primera clase. Víctor estaba sentado tranquilamente, pensando en Teresa, que estaba sentada dos filas más allá, leyendo una novela de bolsillo. Éste sería el año de la suerte de Víctor. Teresa estaba en su *homeroom*, y probablemente estaría en sus clases de inglés y de matemáticas. Y, por supuesto, en la de francés.

Sonó el timbre de la primera hora de clase, y los estudiantes se aglomeraron ruidosamente en la puerta. Sólo Teresa se demoró, hablando con la maestra.

—¿Así que cree que debo hablar con la señora Gaines? —le preguntó a la maestra— ¿Ella sabe algo de ballet?

—Sí, sería una buena idea —contestó la maestra. Y añadió—: O la maestra de gimnasia, la señora Garza.

Víctor se demoró, agachando la cabeza y mirando su pupitre. Quería salir al tiempo con Teresa para chocar con ella y decir algo inteligente.

La miraba disimuladamente. Cuando ella dio la vuelta para retirarse, él se paró y corrió hacia la puerta, donde se las arregló para atraer su atención. Ella sonrió y le dijo:

—Hola, Víctor.

Él le devolvió la sonrisa y dijo:

—Sí, ése soy yo.

Su cara morena se sonrojó. ¿Por qué no había dicho "Hola, Teresa" o "¿Cómo te fue en el verano?" o algo amable?

Mientras Teresa recorría el pasillo, Víctor caminó en dirección contraria, volteándose para admirar la gracia con la que ella caminaba, un pie frente al otro. "Hubiera sido demasiado que estuviéramos en la misma clase", pensó. Mientras se dirigía trabajosamente a la clase de inglés, practicó la fruncida de ceño.

En la clase de inglés repasaron las partes de la oración. El señor Lucas, un hombre corpulento, se contoneó por entre los pupitres preguntando:

—¿Qué es un sustantivo?

—Una persona, lugar o cosa —respondió el grupo en coro.

—Sí, ahora alguien déme un ejemplo de una persona; tú, Víctor Rodríguez.

—Teresa —dijo Víctor automáticamente.

Algunas de las chicas se rieron. Sabían que estaba enamorado de Teresa. Él sintió que se sonrojaba otra vez.

—Correcto —dijo el señor Lucas—. Ahora denme un ejemplo de un lugar.

El señor Lucas señaló a un chico pecoso, quien contestó:

—La casa de Teresa, con la cocina llena de hermanos mayores.

Después de inglés, Víctor tenía matemáticas, su asignatura más deficiente. Se sentó al fondo junto a la ventana, con la esperanza de que la maestra no le dirigiera la palabra. Víctor comprendía la mayoría de los problemas, pero había cosas que parecía que la maestra inventaba. Era confuso, como el interior de un reloj.

Después de matemáticas tuvo un descanso de quince minutos; luego, estudios sociales y, por fin, el almuerzo. Compró un guiso de atún con panecillos untados de mantequilla, un cóctel de frutas y leche. Se sentó con Michael, quien practicaba la fruncida de ceño entre mordidas.

Las chicas que pasaban lo miraban.

—¿Ves lo que te dije, Vic? —dijo Michael, frunciendo el ceño— Les encanta.

—Sí, eso parece.

Comieron despacio. Víctor examinó el horizonte por si podía ver a Teresa aunque fuera brevemente. Pero no la vio. "Debe haber traído su propio almuerzo", pensó, "y está comiendo afuera". Limpió su plato y dejó a Michael, que estaba ocupado frunciéndole el ceño a una chica sentada dos mesas más allá.

El pequeño patio de forma triangular bullía de estudiantes que hablaban de sus nuevas clases. Todos estaban de excelente humor. Víctor se fue corriendo al lugar destinado para los que traen su propio almuerzo. Se sentó y abrió su libro de matemáticas. Movía los labios como si leyera, pero su mente estaba en otra parte. Levantó lentamente los ojos y miró a su alrededor. Nada de Teresa.

Bajó los ojos, simulando estudiar, y luego volteó despacio hacia la izquierda. Nada de Teresa. Dio vuelta a una página del libro y miró fijamente unos problemas de matemáticas que lo asustaron porque sabía que algún día tendría que hacerlos. Volteó hacia la derecha. Ni una sola señal de ella todavía. Se estiró perezosamente, en un intento por disimular su curiosidad.

Entonces la vio. Estaba sentada con una amiga bajo un ciruelo. Víctor se pasó a una mesa cerca de ella y fantaseó que la llevaba al cine. Cuando sonó el timbre, Teresa alzó la vista, y sus ojos se encontraron. Ella sonrió dulcemente y recogió sus libros. Su siguiente clase era la de francés, igual que Víctor.

Fueron unos de los últimos en llegar, así que todos los buenos pupitres del fondo ya estaban ocupados. Víctor se vio obligado a sentarse cerca del frente, a unos cuantos pupitres de Teresa, mientras el señor Bueller escribía palabras en francés en el pizarrón. El timbre sonó, y el señor Bueller se limpió las manos, volteó hacia el grupo y dijo:

—*Bonjour*.

—*Bonjour* —se animaron a responder algunos estudiantes.

—*Bonjour* —murmuró Víctor. Se preguntó si Teresa lo había oído.

El señor Bueller dijo que, si estudiaban duro, al final del año podrían ir a Francia y podrían comunicarse con la población.

Un chico levantó la mano y preguntó:

—¿Qué es "la población"?

—La gente, la gente de Francia.

El señor Bueller preguntó si alguien sabía francés. Víctor levantó la mano, queriendo impresionar a Teresa. El maestro resplandeció y dijo:

—*Très bien. Parlez-vous français?*

Víctor no supo qué decir. El maestro se mojó los labios y preguntó algo más en francés. El salón se sumió en un profundo silencio. Víctor sintió que todos los ojos lo miraban. Trató de librarse haciendo ruidos que sonaran a francés.

—La me vavá me con le gramá —dijo inseguro.

El señor Bueller, arrugando la cara con curiosidad, le pidió que hablara más fuerte.

Inmensos rosales rojos florecieron en las mejillas de Víctor. Un río de nervioso sudor corrió por sus palmas. Se sintió atroz. Teresa estaba sentada a unos cuantos pupitres de él, pensando sin duda que era un tonto. Sin mirar al señor Bueller, Víctor masculló:

— Francé oh huihuí en setiembré.

El señor Bueller le pidió que repitiera lo que había dicho.

— Francé oh huihuí en setiembré —repitió Víctor.

El señor Bueller comprendió que el chico no sabía francés y se dio vuelta. Fue hasta el pizarrón y con su regla de filo de acero señaló las palabras que había escrito.

—*Le bateau* —cantó.

—*Le bateau* —repitieron los estudiantes.

—*Le bateau est sur l'eau* —cantó.

—*Le bateau est sur l'eau*.

Víctor estaba demasiado debilitado por su fracaso para unirse al grupo. Miró el pizarrón y deseó haber tomado español, no francés. Mejor todavía, deseó poder empezar su vida de nuevo. Nunca se había sentido tan avergonzado. Se mordió el pulgar hasta desprender un pedazo de piel.

Sonó el timbre para la quinta hora de clase, y Víctor salió disparado del salón, evitando las miradas de los demás chicos, aunque tuvo que regresar por su libro de matemáticas. Miró con vergüenza al maestro, que borraba el pizarrón, y luego, con los ojos aterrorizados y bien abiertos, miró a Teresa, que estaba parada frente a él.

—No sabía que sabías francés —le dijo—. Eso estuvo bien.

El señor Bueller miró a Víctor, y Víctor le devolvió la mirada. "Oh, por favor, no diga nada", rogó Víctor con los ojos. "Le lavaré el auto, podaré su césped, sacaré a pasear a su perro, ¡cualquier cosa! Seré su mejor estudiante, y le limpiaré los borradores después de clases".

El señor Bueller ordenó los papeles que estaban en su escritorio. Sonrió y empezó a tararear mientras se sentaba a trabajar. Recordó sus años en la universidad, cuando salía con una chica en autos prestados. Ella creía que era rico, porque cada vez la recogía en un auto diferente. Fue divertido hasta que gastó todo su dinero en ella y tuvo que escribirles a sus padres porque estaba quebrado.

Víctor no podía soportar ver a Teresa. Sudaba de vergüenza.

—Sí, bueno, he aprendido algunas cosas de películas y libros y cosas así.

Salieron juntos del salón. Teresa le preguntó si le ayudaría con su francés.

—Claro, cuando quieras —contestó Víctor.

—No te causaré ninguna molestia, ¿verdad?

—Oh, no, me gusta que me causen molestias.

—*Bonjour* —dijo Teresa, despidiéndose a la entrada de su siguiente clase. Sonrió y se quitó los mechones de cabello de la cara.

—Sí, está bien, *bonjour* —dijo Víctor.

Se volteó y se dirigió a su clase. Los rosales de vergüenza en su cara se convirtieron en ramilletes de amor. "Teresa es una chica fabulosa", pensó. "Y el señor Bueller es buena persona".

BÉISBOL EN ABRIL

Corrió al taller de trabajos manuales en metal. Después del taller fue a la clase de biología, y después de biología, corrió varias cuadras hasta la biblioteca pública, donde sacó prestados tres libros de texto de francés.

El séptimo grado pintaba muy bien.

MADRE E HIJA

La mamá de Yollie, la señora Moreno, era una mujer corpulenta que usaba trajes sueltos de telas estampadas y lentes en forma de mariposa. Le gustaba regar su jardín en las tardes y saludar a los *low-riders*[1] que se reían mirándola a través de sus lentes oscuros. De vez en cuando, alguno procedente de la avenida Belmont hacía saltar su auto y gritaba: "¡Mamacita!". Pero la mayoría de las veces sólo la miraban y se preguntaban cómo se había puesto tan gorda.

La señora Moreno tenía un sentido del humor muy particular. Una noche, Yollie y su mamá estaban viendo una

---

[1] *low-riders* – nombre que se asigna a un grupo de jóvenes
que comparten un estilo de vida

película titulada "Nos vinieron a buscar". Era sobre criaturas del inframundo que habían trepado por la lava derretida y deambulaban sobre la tierra. Pero Yollie, que había jugado fútbol todo el día con los chicos de al lado, estaba demasiado cansada para asustarse. Sus ojos se cerraron, pero se abrieron de repente cuando su mamá gritó:

—¡Mira, Yollie! Oh, te perdiste una parte espantosa. ¡La cara del tipo era horrible!

Pero Yollie no podía mantener los ojos abiertos. Se le volvieron a cerrar, y permanecieron así, incluso cuando su mamá gritó y golpeó con fuerza el brazo de su silla.

—Mamá, despiértame cuando termine la película para que me pueda ir a la cama —masculló Yollie.

—Está bien, Yollie, te despertaré —le dijo su mamá con la boca llena de palomitas de maíz.

Pero cuando terminó la película, en lugar de despertar a su hija, la señora Moreno rió entre dientes, apagó la televisión y las luces, y se fue de puntillas a la cama. Yollie despertó en medio de la noche y no supo dónde estaba. Por un momento pensó que estaba muerta. Tal vez alguna criatura del inframundo la había sacado de su casa y la había llevado hasta el vientre de la Tierra. Abrió y cerró sus adormilados ojos, miró alrededor en la oscuridad y llamó:

—¿Mamá? Mamá, ¿dónde estás?

Pero no hubo respuesta, sólo el rítmico zumbido del refrigerador.

Finalmente, el aturdimiento de Yollie se disipó y comprendió que su mamá se había ido a la cama, dejándola en el sofá. Otra de sus bromitas.

Pero Yollie no se rió. Caminó de puntillas a la habitación de su mamá con un vaso de agua y lo puso en la mesa de noche junto al despertador. A la mañana siguiente, Yollie despertó al oír los gritos. Su mamá había volcado el vaso al estirar el brazo para apagar la alarma.

Yollie quemó el pan tostado del desayuno de su mamá y sintió un placer malicioso.

—¡Ja! ¡Ja! Me desquité. ¿Por qué me dejaste en el sofá cuando te dije que me despertaras?

A pesar de sus bromas, madre e hija usualmente se llevaban bien. Veían juntas las matinés económicas, y jugaban cróquet en el verano y damas en el invierno. La señora Moreno alentaba a Yollie a estudiar duro, porque quería que su hija fuera doctora. Le compró a Yollie un escritorio, una máquina de escribir y una lámpara que no encandilaba para que sus ojos no se fatigaran a causa de las horas de estudio.

Yollie era esbelta como un tulipán, bonita y una de las chicas más listas de Santa Teresa. Era capitana de los guardias viales, monaguillo y una genio en los concursos mensuales de ortografía de la escuela.

—Tienes que estudiar mucho —le decía la señora Moreno muy a menudo mientras apoyaba los pies cansados en un almohadón—. Tienes que estudiar mucho, para que después puedas conseguir un buen trabajo y cuides de mí.

—Sí, mamá —respondía Yollie con la cara sumergida en un libro.

Si se mostraba un poco más simpática, su mamá empezaría sus historias sobre cómo había llegado con su familia de México sin nada, salvo un costal con tres faldas, todas las cuales le quedaban demasiado grandes cuando cruzó la frontera, porque el hambre le había hecho perder peso.

Todos pensaban que la mamá de Yollie era fenomenal. Aun las monjas se reían de sus payasadas. Su hermano Raúl, dueño de un cabaret, pensaba que era lo suficientemente graciosa como para entrar al negocio del espectáculo.

Lo que no tenía nada de gracioso era que Yollie necesitara un nuevo vestido para el baile de otoño del octavo grado. No podían darse el lujo de comprarlo. Estaban a finales de octubre, con la Navidad a la vuelta de la esquina, y su abollado Chevy Nova había devorado casi cien dólares en reparaciones.

—No tenemos dinero —le dijo su mamá, realmente triste porque no podían comprar el vestido, aunque había un poco de dinero guardado para la universidad.

La señora Moreno recordó sus años de adolescencia y a

sus padres tan trabajadores, que recolectaban uvas y naranjas, y cortaban remolachas y algodón cerca de Kerman por un sueldo miserable. Ésos fueron los días en los que "ropa nueva" significaba vestidos sin forma y pasados de moda de San Vicente de Paúl.

Lo mejor que pudo hacer la señora Moreno fue comprarle a Yollie un par de zapatos negros con moños de terciopelo y un tinte de telas para teñir de negro su vestido blanco de verano.

—Podemos teñir tu vestido para que parezca nuevo —dijo vivazmente su mamá agitando el frasco de tinte mientras dejaba correr agua caliente en un recipiente de plástico.

Vació el líquido negro en el recipiente y lo revolvió con un lápiz. Después, lenta y cuidadosamente, metió el vestido en el recipiente.

Yollie no quiso mirar. *Sabía* que no funcionaría. Sería como la vez en que su mamá batió un montón de melaza para hacer manzanas acarameladas en el cumpleaños de Yollie. Había metido las manzanas en esa sustancia pegajosa y las había remolineado, y parecía querer burlarse de Yollie cantándole "Las mañanitas". Cuando terminó, puso las manzanas sobre un papel encerado. Estaban duras como rocas y lastimaban los dientes de los niños. Finalmente tuvieron un concurso para ver quién podía abrir las manzanas lanzándolas contra un muro. Las manzanas se hacían añicos como granadas, lo cual obligaba a los niños a correr para cubrirse, y de extraña manera la fiesta de cumpleaños resultó ser un éxito. Al menos todos se fueron felices a sus casas.

Para sorpresa de Yollie, el vestido salió relucientemente negro. Parecía nuevo y sofisticado, como los que usa la gente en Nueva York. Miró con una cara radiante a su mamá, quien la abrazó y le dijo:

—¿Ves? ¿Qué te dije?

El baile era importante para Yollie porque estaba enamorada de Ernie Castillo, el tercer lugar en ortografía de su clase. Se bañó, se vistió, se arregló el cabello y las uñas y se acicaló hasta que su mamá le gritó: "¡Ya todo está perfecto!". Yollie se roció el cuello y las muñecas con el perfume Avon de la señora Moreno y de un brinco se subió al auto.

La señora Moreno dejó a Yollie enfrente de la escuela. Se despidió con la mano y le dijo que se divirtiera, pero que se portara bien, y luego salió rugiendo en el viejo Nova, echando humo azul por el escape.

Yollie se topó con su mejor amiga, Janice. No se lo dijeron, pero cada una pensó que la otra era la chica más bonita del baile; los chicos se pelearían por sacarlas a bailar.

El atardecer era cálido, pero estaba lleno de nubes. Ráfagas de viento levantaban los faroles de papel que colgaban de los árboles y los hacían girar, tachonando la noche de rojo y amarillo. Los faroles le daban a la velada un toque romántico, como en la escena de una película. Todos bailaban, tomaban jugo de frutas y conversaban en grupos de tres o cuatro. La hermana Kelly se paró y bailó con el papá de uno de los chicos. Cuando el disco terminó, los estudiantes rompieron en aplausos.

Janice tenía el ojo puesto en Frankie Ledesma, y Yollie, quien no dejaba de alisarse el vestido cuando el viento se lo levantaba, tenía el ojo puesto en Ernie. Resultó que Ernie también estaba pensando en Yollie. Comió nerviosamente un puñado de galletas, y después la invitó a bailar.

—Claro —dijo ella, casi arrojándose en sus brazos.

Bailaron dos piezas rápidas antes de que llegara una lenta. Mientras daban vueltas bajo los faroles, empezó a llover ligeramente. A Yollie le encantó el sonido de las gotas de lluvia al caer sobre las hojas. Inclinó la cabeza sobre el hombro de Ernie, aunque el suéter de él picaba. Él sintió calidez y ternura. Yollie podía asegurar que él estaba enamorado, y de ella, por supuesto. El baile continuó exitosa y románticamente hasta que empezó a diluviar.

—¡Todos adentro... y, chicos, metan la mesa y el tocadiscos! —ordenó la hermana Kelly.

Chicas y chicos corrieron a la cafetería. En cuanto entraron, las chicas, empapadas hasta los huesos, se precipitaron a los baños para cepillarse el cabello y secarse.

Una chica lloraba porque su vestido de terciopelo se había arruinado. Yollie sintió lástima por ella y la ayudó a secar su vestido con toallas de papel, pero fue inútil. El vestido estaba arruinado.

Yollie se acercó a un espejo. Lucía algo gris ahora que el maquillaje de su mamá se había desvanecido, aunque no tan mal como algunas de las demás chicas. Peinó su húmedo cabello, con cuidado de no jalar demasiado fuerte. Estaba impaciente por regresar donde Ernie.

Se agachó para recoger un pasador, y la vergüenza se extendió por su rostro. Un charco negro se formaba a sus pies. Gotas y más gotas negras. Gotas y más gotas negras. El tinte caía de su vestido como lágrimas negras. Yollie se enderezó. Su vestido era ahora de color ceniza. Miró alrededor del cuarto de baño. Las demás chicas, ajenas al problema de Yollie, estaban ocupadas acicalándose. ¿Qué podía hacer? Todos se reirían. Sabrían que tiñó un viejo vestido porque no se podía comprar uno nuevo. Salió cabizbaja y a toda prisa del baño, atravesó la cafetería y cruzó la puerta. Corrió bajo la tormenta, llorando mientras la lluvia se mezclaba con sus lágrimas y corría hacia las cunetas, repletas de ramitas.

Cuando llegó a casa, su mamá estaba en el sofá comiendo galletas y viendo la tele.

—¿Cómo estuvo el baile, m'ija? Ven a ver el programa conmigo. Está muy bueno.

Yollie se dirigió a su habitación cabizbaja y dando fuertes pisadas. Se desvistió y tiró el vestido al suelo.

Su mamá entró al cuarto.

—¿Qué pasa? ¿Por qué tanto alboroto, nena?

—El vestido. ¡Es de pacotilla! ¡No es bueno!

Yollie pateó el vestido en dirección a su mamá y lo vio caer en manos de ella. La señora Moreno lo examinó atentamente, pero no pudo ver qué tenía de malo.

—¿Cuál es el problema? Sólo está un poco mojado.

—El tinte desapareció, eso es lo que pasó.

La señora Moreno miró sus manos y vio la mezcla de tinte grisáceo en las tenues líneas de sus palmas. "¡Pobre nena!", pensó, y la tristeza ensombreció su rostro. Quería decirle a su hija cuánto lo sentía, pero sabía que no serviría de nada. Regresó a la sala y se puso a llorar.

A la mañana siguiente, madre e hija se evitaron. Yollie se sentó en su cuarto a hojear una vieja revista *Seventeen*, mientras que su mamá regaba sus plantas con una botella de Pepsi.

—Beban, mis niñas —decía, suficientemente fuerte como para que Yollie la oyera. Dejó que las macetas de coleos y cactos sorbieran ruidosamente el agua—. Agua es todo lo que ustedes necesitan. Mi hija necesita ropa, pero yo no tengo dinero.

Yollie arrojó la revista sobre la cama. Estaba avergonzada por el berrinche de la noche anterior. No era culpa de su mamá que fueran pobres.

Cuando se sentaron juntas a almorzar, se sentían avergonzadas por lo de la noche anterior. Pero la señora Moreno había hecho una nueva pila de tortillas y preparado una cazuela de chile verde, y eso rompió el hielo. Se chupó el dedo y produjo un chasquido con los labios.

—¿Sabes qué, cariño? Vamos a idear una manera de ganar dinero —dijo la mamá de Yollie—. Tú y yo. No tenemos por qué ser pobres. Acuérdate de los García. Hicieron esa herramientita tonta para arreglar carros. Se mudaron porque son ricos. Por eso ya no los vemos.

—¿Qué podemos hacer? —preguntó Yollie mientras tomaba otra tortilla y la partía por la mitad.

—Tal vez un destornillador que funcione por los dos lados o algo así —la mamá miró alrededor de la habitación en busca de ideas, pero después se encogió de hombros—. Olvidémoslo. Lo mejor es educarse. Si consigues un buen trabajo y tienes tiempo de sobra, tal vez puedas inventar algo —se pasó la lengua por los labios y carraspeó—. En la feria del condado contratan gente. Podemos conseguir trabajo ahí. Va a ser la semana entrante.

Yollie detestaba esa idea. ¿Qué diría Ernie si la viera echándoles heno a las vacas? ¿Cómo podría ir a la escuela oliendo a gallinero?

—No, no nos contratarán —dijo.

Sonó el teléfono. Yollie saltó de la silla para contestar, pensando que sería Janice que quería saber por qué se había marchado del baile. Pero era Ernie preguntando lo mismo. Cuando descubrió que ella no estaba enojada con él, le preguntó si quería ir al cine.

—Voy a preguntar —dijo Yollie, sonriendo.

Cubrió el teléfono con la mano y contó hasta diez. Destapó el receptor y dijo:

—Dice mi mamá que está bien. ¿Qué vamos a ver?

Cuando colgó, su mamá se trepó resoplando a una silla para alcanzar el estante más alto del clóset del pasillo. Se preguntó por qué no lo había hecho antes. Hurgó por detrás de una pila de toallas y metió su mano regordeta en la caja de puros donde tenía su escondite secreto de dinero.

—He estado ahorrando un poco cada mes —dijo la señora Moreno—. Para ti, m'ija.

Su mamá le mostró cinco billetes de veinte, que en ese preciso momento parecían un ramillete de fragantes flores. Fueron a la tienda *Macy's* y compraron una blusa, zapatos y una falda que no se desteñiría con la lluvia ni con ningún otro tipo de condición atmosférica.

EL KARATE KID

Todo comenzó cuando Raymundo, el primo mayor de Gilbert, trajo la película *Karate Kid*. Nunca antes un mensaje había sido tan claro, nunca Gilbert había visto su vida en la televisión. Mientras estaba sentado en la oscuridad con una caja de galletas *Cracker Jacks* sobre las piernas, supo que *él*, Gilbert Sánchez, estudiante de quinto grado de la escuela primaria John Burroughs, era el *Karate Kid*. Igual que al chico en la pantalla, los peleoneros lo agarraban a él a empujones. Él también era un chico decente que hacía sus tareas y no se metía con nadie. Y, como el chico de la película, Gilbert quería ser lo suficientemente fuerte para enfrentarse a cualquiera que pretendiera meterse con él.

Inspirados, Gilbert y Raymundo patearon y golpearon a contrincantes imaginarios hasta someterlos mientras iban a la tienda *7-Eleven* por un refresco *Slurpee*.

—Los *ninjas* nos persiguen —murmuró Gilbert en un callejón.

—¿Y qué? No se pueden meter con nosotros. Somos primos. Si se meten contigo, se meten conmigo. Si se meten conmigo, se meten contigo.

—Sí, es cierto. Somos malos —Gilbert golpeó a un *ninja* en el cuello—. Toma esto. ¡Y esto! Y dale esto a tu hermano.

Se subieron al capó de un auto chocado y se pararon como cigüeñas en una pierna, como en la película. Pero en lugar del mar rugiente como telón de fondo, había un barrio en ruinas de casas desvencijadas y autos empolvados.

El valor de Gilbert duró para el día siguiente. En la escuela, Pete el Peleón se metió adelante de Gilbert en la fila del almuerzo. Gilbert lo miró y dijo:

—Oye, la fila va allá atrás.

Pete el Peleón, un chico no tan brillante de cuarto grado, era un rudo peleador del patio que podía aporrear a los niños grandes.

—¿Qué dijiste? —preguntó el Peleón.

Sus puños estaban cerrados y temblaban como

animales recién nacidos. Pegó su cara contra la de Gilbert.

—Dije que no voy a dejar que te metas delante de mí. ¡Vete atrás!

—No, ¡y cuídate!

—¡No te lo voy a repetir!

Gilbert cerró los puños e inclinó su cuerpo contra el del Peleón. Le sorprendió su propia agresividad.

—Nos vemos en el patio —dijo el Peleón, hundiendo un dedo en el pecho de Gilbert.

—Donde quieras y cuando quieras —le gritó, para su gran sorpresa, Gilbert al Peleón, quien se metió todavía más cerca del comienzo de la fila.

Raymundo se aproximó a Gilbert.

—¿Por qué hiciste eso? Sabes que pelea sucio.

—Porque sí —contestó Gilbert, con una mirada distraída.

Estaba ocupado imaginándose molido a palos por el Peleón.

—Te va a ir mal —le advirtió Raymundo—. ¿Por qué te hiciste el valiente, menso?[1]

—No te preocupes —dijo Gilbert mientras se salía de la fila aturdido.

Ya no tenía hambre; lo devoraba el miedo. ¿Dolerá mucho ser golpeado en la cara muchas veces?, se preguntó.

---

[1] menso – tonto

¿Quedará suficiente sangre en el cuerpo para llegar a la oficina del director?

Raymundo se sentó junto a él. Era mayor que Gilbert y podía darle una paliza al Peleón, pero sabía que no debía involucrarse. Era la pelea de Gilbert.

—Recuerda —le aconsejó Raymundo—, golpea y patea. Y pon cara de malo.

Se encontraron en el patio. Los chicos se acercaron para ver la pelea. Con el rabillo del ojo, Gilbert vio a Patricia, la niña que le gustaba pensar que era su novia, caminando hacia ellos. "¡Oh, no!", pensó. "Va a ver cómo me muelen a palos". En ese momento deseó haber dejado que el Peleón se metiera a la fila.

El Peleón dijo:

—¿Y qué, chinche? ¿Todavía te crees muy salsa?[2]

—Sí —gruñó Gilbert.

Trató de seguir el consejo de Raymundo y hacerse el malo, pero su mente se había derretido en un charco de células apagadas. Aunque no estaba tan perdido como para no poder recordar que debía pararse como cigüeña y agitar los brazos.

—Sólo porque viste *Karate Kid* crees que eres malo, ¿no? Pero no lo eres —se burló el Peleón.

Algunos de los chicos mayores alentaron al Peleón a acabar con eso de una vez.

---

[2] muy salsa – muy valiente

Gilbert intentó de nuevo poner cara de malo.

—Ven y agárrame. Si crees que eres…

Nunca terminó la oración. El Peleón lo sorprendió con un gancho largo en la quijada que lo tiró al suelo. El Peleón saltó sobre Gilbert y le pegó varias veces más antes de que Raymundo los apartara.

—Ya basta, Peleón. Déjalo en paz.

Gilbert ni siquiera se movió. Algunos chicos se burlaron de él, llamándolo "marica", "pelele" y "cobarde", pero Gilbert permaneció en el suelo con los ojos cerrados, esperando a que todos se fueran.

Por fin abrió un ojo, y al ver que todos, Raymundo incluido, habían desaparecido, se apoyó en un codo. "¿Por qué no funcionó?", se preguntó. "Me paré como cigüeña, como en la película".

Aunque era noche de escuela, Gilbert convenció a su mamá de que lo dejara volver a ver la película por segunda vez. Esta vez observó resueltamente, sin galletas *Cracker Jacks* que lo distrajeran. Sí, su escuela era como la escuela de la película, llena de peleoneros. Y sí, se había parado como cigüeña y había agitado los brazos. Pero, a diferencia del chico de la película, a él lo golpearon hasta tirarlo al suelo. El elemento que faltaba le cayó encima como un martillo. No tenía maestro, y el chico de la película lo tenía. "Así que eso es", pensó. "Necesito un maestro que me enseñe karate".

Gilbert se quedó en casa el día siguiente, fingiéndose enfermo, y hojeó las páginas amarillas de la guía telefónica en busca de una escuela de karate. Todo era muy confuso. Había muchos estilos: Shotokan, Taekwon-Do, Kajukenbo, Bok-Fu, Jujitsu, Kung Fu. Éste le sonó familiar, pero estaba en el norte de Fresno, lejos de su casa. Tardaría una eternidad en llegar allá en bicicleta.

Finalmente decidió llamar a la escuela de Shotokan que estaba a la vuelta de su casa. Le contestó un mensaje grabado que daba el horario, que era de 3:30 a 7:00 p.m. Gilbert decidió practicar el parado de cigüeña hasta que abriera la escuela. A las 3:30 ya estaba exhausto y aburrido, pero aun así se montó en su bici de un salto y se fue a la escuela. El instructor, para sorpresa de Gilbert, era mexicano, no japonés como el tipo de la película.

El instructor volteó el letrero de la ventana para que se viera "Abierto" en vez de "Cerrado" y miró a Gilbert.

—Oye, *kid*, ¿qué pasa?

"Me llamó *kid*", pensó Gilbert. "¿Cómo lo sabrá? ¿Será que me parezco al chico de la película?"

—¿Quieres tomar clases?

—Sí.

—Tienes que tomarlo verdaderamente en serio.

—Lo haré, lo prometo.

—Son veinticinco al mes, y quince por el uniforme.

El instructor dejó entrar a Gilbert y lo vio mirar el *dojo*,[3] que era pequeño, oscuro y maloliente. No tenía más que espejos, un saco de boxeo y un carrito de compras lleno de lo que parecían guantes de boxeo.

—Y hay una promoción de introducción. Dos meses por el precio de uno. Quédate, *kid*; me parece que podrías llegar a ser bueno.

El instructor hizo una reverencia al borde de la plataforma de madera y desapareció detrás de una cortina. Minutos después salió con el uniforme puesto, y lo único que Gilbert pudo pensar fue "tiene un cinturón negro".

Tres chicos ruidosos llegaron empuñando bolsas de plástico que contenían sus uniformes. El instructor les dijo que se callaran, pero ellos lo ignoraron. Se quitaron los zapatos, pero no hicieron una reverencia como lo había hecho el instructor cuando pisó la plataforma de madera. A Gilbert no le agradaron, a causa de su rudeza. No eran como el chico de la película.

Cuatro chicos más grandes llegaron y se unieron a los otros, quienes jugaban a perseguirse unos a otros. Por fin, el instructor dio unas palmadas y les gritó que se formaran. Cuando un chico se quejó: "¡Ay, hombre!", el instructor lo miró con fiereza,

—Vamos, muestren un poco de respeto —gruñó.

---

[3] *dojo* – escuela o campo de entrenamiento de artes marciales

Los chicos se limpiaron los rostros sudorosos con sus uniformes arrugados. Al formarse, un chico empujó a otro, que cayó al suelo y fingió llorar. El instructor, frunciendo el ceño con disgusto, les dijo que fueran más respetuosos.

La clase empezó con saltos y, aunque el instructor les dijo que los hicieran al mismo tiempo, los chicos saltaban cuando querían. Les dijo que hicieran planchas y todos reclamaron. Después se sentaron contra la pared para hacer ejercicios de estiramiento.

Gilbert estaba impresionado. Todos salvo dos de los siete chicos tenían cinturón amarillo. Uno tenía cinturón verde, y el otro llevaba un cinturón blanco con lo que parecía una pieza de cinta aislante negra en el extremo.

Esa noche, durante la cena, le preguntó a su mamá si podía tomar clases de karate. Su mamá se limpió la boca y dijo:

—No.

Él estaba preparado para esa respuesta, preparado para una batalla.

—¿Por qué? Son sólo veinticinco dólares al mes.

—Porque no lo necesitas —le dijo su mamá—. No aprenderás nada que puedas usar más tarde en la vida. La escuela es más importante.

—Sí, si no te muelen a palos todos los días.

—¿Qué quieres decir? —le preguntó su mamá.

—Ayer Pete el Peleón me dio una paliza. Por eso hoy me quedé en casa.

—¿Por qué no dijiste nada?

—¿Qué podías hacer tú? Estás en el trabajo y yo estoy en la escuela. No me puedes tomar de la mano durante el recreo.

—No te pases de listo.

—Pero es cierto. Tú no sabes cómo es eso.

Su mamá sabía que era cierto. Miró fijamente su ensalada y recordó cuando sus papás no la dejaron tomar clases de ballet. Por más que lloró, sus papás le dijeron lo mismo: "No, no las necesitas". Miró a Gilbert, cuya cara brillaba de esperanza, y preguntó:

—¿Cuánto cuestan las clases?

—Veinticinco dólares. Es más barato que en la mayoría de los lugares —dijo—. Y necesito un uniforme.

Ella miró la radiante cara de su hijo.

—Tal vez sea bueno para ti —dijo.

—Entrenaré muy duro, y entonces me podrás decir el *Karate Kid*.

Gilbert se comió toda la comida y lavó los platos sin que su mamá tuviera que pedírselo.

Esa noche tuvo extraños y salvajes sueños en los que toda la escuela lo veía acribillar al Peleón a punta de golpes y puñetazos de karate. Sólo cuando el Peleón gritaba: "¡Ya!", él lo soltaba. Luego, por bondad y compasión, Gilbert lo llevaba al baño de hombres para que se lavara la magullada cara.

Gilbert empezó sus clases al día siguiente. Le daban miedo los chicos de cinturón amarillo, aunque él era de la misma edad y tan alto como la mayoría de ellos.

Cuando el señor López les pidió que hicieran una reverencia para comenzar la clase, sólo unos cuantos la hicieron a medias. Los demás inclinaron la cabeza o se limpiaron la nariz con el dorso de sus mangas. Sus uniformes estaban sucios y sus cinturones estaban a punto de desatarse con el más leve movimiento.

—Bueno, hagamos treinta y cinco saltos —ordenó el señor López.

Los chicos gruñeron pero empezaron a saltar, sin seguir el ritmo del instructor. Después hicieron dos series de quince planchas. Una vez más, los chicos no siguieron el ritmo, y se quejaron de que era muy difícil.

Gilbert trató de seguirle el paso al instructor, pero se lastimó un músculo del hombro mientras hacía planchas. Gimió y dijo:

—Señor López, me duele el hombro. ¿Se supone que debe ser así?

El instructor frunció el ceño.

—¿Tú también? ¿El primer día de clases y ya estás como los demás?

Eso hizo que Gilbert se esforzara más. Pero cuando

llegó el momento de hacer los ejercicios básicos, no supo qué hacer. Con el rabillo del ojo vio que los demás chicos movían los brazos siguiendo patrones. De vez en cuando el instructor hacía una pausa suficientemente larga para corregir los errores de Gilbert, pero la mayoría de las veces los ignoraba a él y a los demás chicos, y miraba por la ventana los autos y la gente que pasaba.

Luego practicaron patadas —patada frontal rápida, patada larga, patada lateral— y hacia el final de la clase los estudiantes avanzados, los de los cinturones de color, hicieron *katas*. Impresionado, Gilbert se sentó contra la pared con las piernas cruzadas. Pero el instructor permaneció con las manos en la cintura, poco complacido con la técnica de esos estudiantes. No tenía nada que decir, el mensaje era claro.

Terminaron la clase con más saltos y planchas. Después los estudiantes salieron con una "semireverencia" y se quejaron de que habían sido los ejercicios más difíciles de todo el mundo. Gilbert añadió unas cuantas quejas. Le dolía el hombro, y las plantas de sus pies tenían ampollas por el piso de madera. Se marchó a casa lentamente, con el uniforme enrollado bajo el brazo.

En la cena, su mamá, que estaba secretamente complacida de que su hijo tomara clases de karate, le preguntó por su primera clase.

—Estuvo un poco difícil —dijo él—, y yo estuve un poco confundido.

Gilbert se paró e hizo algunos bloqueos. Iba a hacer una patada frontal rápida, pero su mamá le dijo que se sentara y se comiera la comida antes de que se enfriara.

—Me salieron ampollas en los pies, porque practicamos sobre piso de madera.

Quiso enseñárselas a su mamá, pero sabía que era descortés enseñar las plantas de los pies mientras alguien estaba comiendo.

La siguiente semana fue casi lo mismo, saltos y planchas, estiramientos que dolían, bloqueos y patadas, y *katas* al final de la clase.

Gilbert quería preguntarle al instructor cuándo lograría pararse como cigüeña, como lo hacía el *Karate Kid* en la película, pero no podía atraer su atención. El señor López tenía la mirada distraída y parecía más interesado en observar a la gente de afuera que a sus estudiantes.

A finales del mes, Gilbert estaba más aburrido que una ostra. Todos los días era lo mismo. No aprendían nada que los protegiera de otros chicos. El propio instructor empezó a llegar tarde, e incluso cuando estaba ahí no se molestaba en corregir las patadas o bloqueos de los estudiantes. Sólo daba vueltas por el *dojo* con las manos en la cintura.

Gilbert quería dejar las clases, pero su mamá había

pagado sus cuotas del tercer y cuarto mes. Cuando le preguntaba: "¿Cómo van tus clases? Ya debes estar muy fuerte, ¿no?", Gilbert fingía que todo marchaba a la perfección y se subía la manga de la camisa para enseñar sus bíceps.

Pero el karate no era divertido; era aburrido, y no le estaba haciendo ningún bien. Un día, en la escuela, cuando Pete el Peleón trató de meterse adelante de él en la fila de la cafetería, Gilbert, todavía convencido en su corazón de que era el *Karate Kid*, lo empujó.

—¿No te molí a palos ya una vez? —se burló el Peleón.

—Mejor cuídate, Peleón. Estoy tomando clases de karate.

Pete empujó a Gilbert y le dijo:

—Nos vemos en el patio.

Afuera, frente a los chicos de quinto y sexto grado, Gilbert adoptó una posición de karate. El Peleón se rió y dijo que sólo el ejército de Estados Unidos podía salvarlo, y lo golpeó en la quijada. El golpe tiró a Gilbert al suelo, donde permaneció con los ojos cerrados hasta que terminó el recreo.

Gilbert estaba demasiado avergonzado para decirle a su mamá que quería dejar el karate. Seguro que ella lo iba a regañar. Diría que había gastado más de cien dólares en clases de karate, que Gilbert era un flojo y, lo peor de todo, que les tenía miedo a los demás chicos de su clase.

Gilbert se volvió tan descuidado como los demás chicos. Asistió por seis meses, semana tras semana, y avanzó a cinturón amarillo, lo que lo hizo sentirse orgulloso durante unos días. Pero luego volvió a la misma rutina de desorden y al aburrimiento de planchas y abdominales, estiramiento, bloqueos, patadas y *katas*. No hicieron entrenamiento de combate ni una sola vez.

Él fantaseaba que peleaba con el Peleón mientras el señor López observaba con los brazos cruzados sobre el pecho. Gilbert se imaginaba dando vueltas y haciendo fintas, y veía al Peleón encogerse de miedo y huir de sus golpes. Pero, más a menudo, Gilbert fantaseaba que dejaba las clases. Se imaginaba que se caía de su bici y se rompía la pierna, o se caía de un techo y se rompía el cuello. Con esas lesiones, nadie se burlaría de él por ser cobarde, porque sería justo.

"¿Cómo se lo voy a decir?", se preguntó el día en que decidió dejar las clases, porque eran demasiado aburridas. Tal vez podía decirle a su mama que la cuota mensual era ahora de cien dólares. O que ya sabía suficiente karate como para defenderse. Pensó en excusas mientras pasaba una escoba por la plataforma de karate. Alzó la vista y vio a su instructor haciendo una *kata*. La primera vez que había visto al señor López ejecutar una, pensó que era el hombre más fuerte del mundo. Ahora sólo le parecía que estaba bien. Gilbert creía que quien sudaba mucho no podía ser bueno, y el instructor sudaba a chorros.

En la escuela, el Peleón fastidiaba a Gilbert diciendo:

—Oye, *Karate Kid*, veamos qué puedes hacer. Te apuesto que ni siquiera puedes batir a mi hermana.

Era cierto. Su hermana estaba en el mismo grado que Gilbert, y era más peligrosa que gato encostalado.

Un día el instructor llegó sonriendo. Era la primera vez que Gilbert veía sus dientes.

—Tengo noticias para ustedes —dijo mientras los chicos se formaban—. Pero no ahora. Practiquemos. ¡Dejen de dar lata! ¡Fórmense!

Mientras hacían sus ejercicios, Gilbert empezó a sonreír junto con el instructor. "Supongo que hoy es el día", pensó. "Por fin vamos a pelear". Durante meses había obedecido los gritos del instructor, y ahora él y los chicos mejor portados iban a recibir su oportunidad. Gilbert miró el carrito de compras con el equipo de práctica de boxeo. Estaba impaciente por que el instructor les dijera que lo tomaran.

Pero la clase siguió la rutina usual. Se la pasaron haciendo bloqueos, patadas y lo mismo de siempre. Luego el instructor les gritó a los chicos que se formaran. Después de callarlos cinco veces, anunció que iba a cerrar el *dojo*. El negocio iba mal, y no veía cómo podía continuar con sólo doce estudiantes.

—No hay nada que pueda hacer —dijo, tratando de

parecer triste—. Negocios son negocios. Lo lamento.

Sólo un estudiante se quejó. Los demás aplaudieron.

—Ustedes no muestran respeto por nada —murmuró el instructor. Se quitó el cinturón de un tirón y señaló el vestidor—. ¡Váyanse! Son insoportables.

Los estudiantes corrieron por el *dojo*, riendo y peleando, antes de cambiarse. Todos le dirigieron un adiós casual con la mano al instructor, quien estaba parado frente a la ventana viendo pasar el tráfico.

Esa noche durante la cena, Gilbert le dijo a su mamá, sonriente y muy contento, que la escuela de karate había cerrado.

—Qué lástima por el señor López y por ustedes.

Su mamá estaba desilusionada y, después de comer en silencio, le sugirió a Gilbert ir a otra escuela a tomar clases.

—Oh, no —dijo Gilbert—. Creo que ya aprendí lo suficiente para protegerme.

—Bueno, no quiero oír que te molieron a palos.

—No lo oirás —prometió él.

Y así fue.

Gilbert arrojó el uniforme al fondo de su clóset y pronto olvidó sus *katas*. Cuando la segunda parte de *Karate Kid* llegó a los cines ese verano, Raymundo tuvo que verla solo. Gilbert se quedó en casa leyendo revistas de historietas de superhéroes; eran más reales que el karate. Y no dolían.

LA BAMBA

Manuel era el cuarto de siete hijos y se parecía a muchos chicos de su vecindario: cabello negro, tez morena y piernas delgadas, todas arañadas por los juegos del verano. Pero el verano había dado paso al otoño: los árboles se ponían rojos, los prados cafés y los granados estaban cargados de frutas. Una fría mañana, Manuel caminaba hacia la escuela pateando hojas y pensando en el espectáculo de talentos del día siguiente. Todavía no podía creer que se hubiera ofrecido de voluntario. Iba a fingir que cantaba "La bamba" de Ritchie Valens frente a toda la escuela.

"¿Por qué alcé la mano?", se preguntaba, pero en su

corazón sabía la respuesta. Ansiaba lucirse. Quería aplausos tan fuertes como truenos, y oír a sus amigos decir: "¡Oye, eso estuvo fabuloso!". Y quería impresionar a las chicas, especialmente a Petra López, la segunda chica más bonita de su clase. Su amigo Ernie ya se había quedado con la más bonita. Manuel sabía que debía ser razonable, ya que no era muy bien parecido, sólo promedio.

Manuel pateó las hojas recién caídas. Cuando llegó a la escuela, se dio cuenta de que había olvidado su cuaderno de ejercicios de matemáticas. Si el maestro lo descubría, tendría que quedarse después de clases y se perdería el ensayo del espectáculo de talentos. Pero, afortunadamente para él, esa mañana sólo hicieron ejercicios de repaso.

Durante el almuerzo Manuel anduvo con Benny, que también estaba en el espectáculo de talentos. Benny iba a tocar la trompeta, a pesar de haber quedado con el labio hinchado después de un partido de fútbol.

—¿Cómo me veo? —preguntó Manuel.

Carraspeó y empezó a hacer fonomímica moviendo los labios sin dejar salir palabra alguna, sólo un silbido como de serpiente. Manuel trató de parecer emotivo, agitando los brazos en las notas altas y abriendo los ojos y la boca lo más posible cuando llegaba a "Para bailar la baaaaammmba".

Cuando terminó, Benny dijo que se veía muy bien,

pero le sugirió bailar mientras cantaba. Manuel pensó un momento y decidió que era una buena idea.

—Sí, sólo piensa que eres Michael Jackson o alguien así —sugirió Benny—. Pero no te lo creas demasiado.

Durante el ensayo, el señor Roybal, nervioso por su debut como coordinador de talentos de la escuela, maldijo en voz baja cuando la palanca que controlaba la velocidad del tocadiscos se atascó.

—¡Caramba! —gruñó, tratando de forzar la palanca— ¿Qué te pasa?

—¿Se descompuso? —preguntó Manuel, inclinándose para ver más de cerca. A él le pareció que estaba bien.

El señor Roybal le aseguró que llevaría un buen tocadiscos al espectáculo de talentos, aunque eso significara llevar el propio estéreo de su casa.

Manuel se sentó en una silla plegable, haciendo girar su disco en el pulgar. Vio una escena cómica sobre higiene personal, un dúo de violín de madre e hija, a cinco niñas de primer grado saltando la cuerda, un chico karateca que rompía tablas, tres chicas que cantaban la canción "*Like a Virgin*" y una escena cómica sobre los peregrinos. Si el tocadiscos no se hubiera descompuesto, a él le habría tocado después del chico karateca, "un acto fácil de seguir", se dijo a sí mismo.

Mientras hacía girar su disco de 45 revoluciones,

Manuel pensó que tenían un grandioso espectáculo de talentos. La escuela entera se asombraría. Su mamá y su papá estarían orgullosos, y sus hermanos y hermanas celosos y enfurruñados. Sería una noche para recordar.

Benny entró al escenario, se llevó la trompeta a la boca y esperó la señal. El señor Roybal levantó la mano como director de orquesta y la dejó caer dramáticamente. Benny aspiró y sopló tan fuerte que a Manuel se le cayó su disco, el cual rodó por el piso de la cafetería hasta topar con la pared. Manuel corrió tras él, lo recogió y lo limpió.

—¡Caray! Qué bueno que no se rompió —dijo con un suspiro.

Esa noche Manuel tuvo que lavar los platos y hacer muchas tareas, así que sólo pudo practicar en la ducha. En la cama rezó para que no fuera a estropearlo todo. Pidió que no fuera a ser como cuando estaba en primer grado. Para la Semana de ciencias naturales había conectado una pila tamaño C y una bombilla con un alambre, y les dijo a todos que había descubierto cómo funcionaba una linterna. Estaba tan complacido consigo mismo que practicó durante horas apretando el alambre contra la pila, lo que hacía que la bombilla parpadeara con una tenue luz anaranjada. Se lo mostró a tantos chicos de su vecindario que cuando llegó el momento de enseñarle a su clase cómo funcionaba una linterna, la pila ya se había agotado. Apretaba el alambre contra la pila, pero la bombilla no respondía. Apretó hasta que el pulgar le dolió, y algunos chicos al fondo empezaron a reírse.

Pero Manuel se quedó dormido, seguro de que nada marcharía mal esta vez.

A la mañana siguiente su papá y su mamá estaban radiantes. Estaban orgullosos de que Manuel fuera a estar en el espectáculo de talentos.

—Ojalá nos dijeras qué vas a hacer —le dijo su mamá.

Su papá, un farmacéutico que usaba una bata corta azul con su nombre en un rectángulo de plástico, alzó la mirada del periódico y coincidió con su esposa.

—Sí, ¿qué vas a hacer en el espectáculo de talentos?

—Ya verán —respondió Manuel con la boca llena de *Cheerios*.

El día pasó volando, lo mismo que sus quehaceres de la tarde y la cena. De pronto estaba vestido con sus mejores prendas y parado junto a Benny atrás del escenario, escuchando el alboroto conforme la cafetería se iba llenando con los chicos de la escuela y los padres. Las luces se atenuaron, y el señor Roybal, sudoroso en un traje apretado y una corbata con un nudo inmenso, se humedeció los labios y entreabrió el telón del escenario.

—Buenas noches a todos —lo oyeron decir los chicos detrás del telón.

—Buenas noches a usted —respondieron algunos de

los chicos más listos.

—Esta noche les presentaremos lo mejor que tiene para ofrecer la escuela primaria John Burroughs, y estoy seguro de que les complacerá y sorprenderá que en nuestra pequeña escuela brote tanto talento. Y ahora, sin más preámbulos, comencemos con el espectáculo.

Se volteó y, con un movimiento de la mano, ordenó:

—¡Que se abra el telón!

El telón se abrió a tirones. Una niña disfrazada de cepillo de dientes y un niño disfrazado de diente sucio entraron al escenario y cantaron:

Cepilla, cepilla, cepilla
Frota, frota, frota la seda
Con gárgaras se eliminan los gérmenes, jey, jey, jey...

Cuando terminaron de cantar, se volvieron hacia el señor Roybal, quien dejó caer la mano. El cepillo de dientes persiguió por todo el escenario al diente sucio, que se reía y se divertía mucho hasta que se resbaló y estuvo a punto de rodar fuera del escenario.

El señor Roybal saltó y lo atrapó justo a tiempo.

—¿Estás bien?

El diente sucio respondió: "Pregúntele a mi dentista", lo que provocó risas y aplausos entre el público.

Después tocó el dúo de violín, y excepto por una vez en que la niña se equivocó, lo hicieron bien. La gente aplaudió, y algunos hasta se pararon. Luego entraron al escenario las niñas de primer grado saltando la cuerda. Estaban todas sonrientes, con sus colas de caballo dando saltos, mientras un centenar de cámaras relampagueaban al mismo tiempo. Las mamás lanzaban exclamaciones de gozo y los papás se incorporaban orgullosamente en sus sillas.

Después llegó el chico karateca. Dio unas cuantas patadas, gritos y golpes, y finalmente, cuando su papá sostuvo una tabla, la partió en dos de un puñetazo. El público aplaudió, y se miraron unos a otros con los ojos muy abiertos y llenos de admiración. El chico hizo una reverencia ante el público, y padre e hijo salieron corriendo del escenario.

Manuel permanecía entre bastidores temblando de miedo. Movió los labios como si cantara "La bamba" y se balanceó de izquierda a derecha. ¿Por qué había alzado la mano y se había ofrecido a participar? ¿Por qué no había podido sencillamente quedarse sentado como el resto de los chicos sin decir nada? Mientras el chico karateca estaba en el escenario, el señor Roybal, más sudoroso que antes, tomó el disco de 45 revoluciones de Manuel y lo puso en un nuevo tocadiscos.

—¿Estás listo? —le preguntó el señor Roybal.

—Sí…

El señor Roybal regresó al escenario y anunció que

Manuel Gómez, estudiante de quinto grado de la clase de la señora Knight, iba a hacer una fonomímica de "La bamba", el éxito clásico de Richie Valens.

La cafetería retumbó con los aplausos. Manuel estaba nervioso, pero le encantó la ruidosa multitud. Imaginó a su mamá y a su papá aplaudiendo estruendosamente, y a sus hermanos y hermanas aplaudiendo también, aunque no con tanta energía.

Manuel entró al escenario y la canción empezó de inmediato. Con los ojos vidriosos por el impacto de estar frente a tanta gente, movió los labios y se balanceó al ritmo de un paso de baile inventado. No veía a sus papás, pero sí a su hermano Mario, un año menor que él, enfrascado en una lucha de pulgares con un amigo. Mario llevaba puesta la camisa favorita de Manuel; ya se las vería después con él. Vio que unos chicos se paraban y se dirigían al surtidor de agua, y que un bebé que estaba sentado en medio de un pasillo lo miraba atentamente mientras se chupaba el dedo.

"¿Qué estoy haciendo aquí?", pensó Manuel. "Esto no es nada divertido". Todos estaban simplemente sentados ahí. Algunas personas seguían el ritmo, pero la mayoría sólo lo miraba, como mirarían a un mono en el zoológico.

Pero cuando Manuel hizo un extravagante paso de baile, hubo un estallido de aplausos, y algunas chicas gritaron. Manuel probó otro paso. Oyó más aplausos y gritos, y empezó a agarrar la onda[1] mientras se estremecía y serpenteaba como Michael Jackson por el escenario. Pero, de repente, el disco se atascó y él tuvo que cantar:

Para bailar la bamba
Para bailar la bamba
Para bailar la bamba
Para bailar la bamba

una y otra vez.

Manuel no podía creer en su mala suerte. El público empezó a reírse y a ponerse de pie. Manuel recordó que el disco se le había caído de las manos y había rodado por el piso de la cafetería. Probablemente se había rayado, pensó, y ahora estaba atascado, como lo estaba él bailando y moviendo los labios en las mismas palabras una y otra vez. Nunca se había sentido tan avergonzado. Tendría que pedirles a sus papás que se mudaran a otra ciudad.

Luego de que el señor Roybal quitó violentamente la aguja del disco, Manuel redujo la velocidad de sus pasos de baile hasta detenerse por completo. No supo qué hacer, excepto una reverencia ante el público, que aplaudía a rabiar, y salir a toda prisa del escenario, al borde del llanto. Esto era peor que la linterna hecha en casa. Al menos esa vez nadie

---

[1] agarrar la onda − adquirir confianza

se había burlado, sólo se habían reído con disimulo.

Manuel se quedó solo, haciendo todo lo posible por contener las lágrimas mientras Benny, en el centro del escenario, tocaba su trompeta. Sintió envidia, porque tocaba de maravilla, y luego se enojó al recordar que había sido la estridente trompeta de Benny la que había hecho que el pequeño disco saliera volando de sus manos. Pero cuando todo el elenco se formó para la llamada final a escena, Manuel recibió una explosión de aplausos tan sonoros que sacudieron las paredes de la cafetería. Más tarde, cuando se reunió con chicos y padres, todos le daban palmaditas en el hombro y le decían: "¡Fabuloso! Estuviste realmente divertido".

"¿Divertido?", pensó Manuel. "¿Había hecho algo divertido?".

Divertido. Loco. Cómico. Ésas fueron las palabras que le dijeron. Él estaba confundido, pero no le importó. Todo lo que sabía era que la gente le estaba prestando atención, y que sus hermanos y hermanas lo miraban con una mezcla de envidia y respeto. Iba a llevar a Mario a un lado para pegarle en el brazo por haberse puesto su camisa, pero se arrepintió. Estaba disfrutando de ser el centro de atención. Un maestro le llevó galletas y jugo de frutas, y los chicos populares que nunca antes le habían dado ni siquiera la hora, se aglomeraban hoy a su alrededor. Ricardo, el director del boletín escolar, le preguntó cómo había hecho para que la aguja se atascara.

—Sucedió nomás —dijo Manuel, masticando ruidosamente una galleta en forma de estrella.

Esa noche en casa, su papá, mientras se desabotonaba la camisa ansioso por reposar en su sillón reclinable, le preguntó lo mismo: cómo había hecho para que la canción se atascara justamente en las palabras "Para bailar la bamba".

Manuel pensó rápido y echó mano de la jerga científica que había leído en revistas.

—Fácil, papá. Usé un sondeo láser con alta frecuencia óptica y bajos decibeles funcionales por canal.

Su confundido pero orgulloso padre le dijo que se callara y se fuera a la cama.

—¡Ah, qué niños tan truchas![2] —dijo mientras iba a la cocina por un vaso de leche— No sé cómo hacen ahora para ser tan listos.

Manuel, sintiéndose feliz, se fue a su habitación, se desvistió y se puso su pijama. Se miró en el espejo y empezó a hacer la fonomímica de "La bamba", pero se detuvo porque ya estaba harto de esa canción. Se metió en la cama. Las sábanas estaban tan frías como la luna que caía sobre el duraznero del patio.

Sintió un gran alivio de que el día hubiera terminado. El próximo año, cuando pidieran voluntarios para el espectáculo de talentos, no alzaría la mano. Probablemente.

---

[2] trucha – listo, inteligente

LA CAMPEONA DE CANICAS

Lupe Medrano, una tímida niña que hablaba en susurros, era la campeona de los concursos de ortografía de la escuela, ganadora del concurso de lectura en la biblioteca pública durante tres veranos seguidos, ganadora del máximo galardón en la feria de ciencias naturales, la mejor estudiante en su recital de piano y la gran campeona de ajedrez en el parque. Era una estudiante que sacaba puras Aes y que —sin contar el kindergarten, cuando la había picado una avispa— jamás había faltado un solo día a la escuela primaria. Había recibido un pequeño trofeo por este honor y el alcalde la había felicitado.

Pero aunque Lupe tenía una mente muy aguda, no podía lograr que su cuerpo, por más que lo intentara, corriera tan rápido como el de las demás niñas. Le rogaba a su cuerpo que se moviera más rápido, pero nunca podía batir a nadie en la carrera de cincuenta yardas.

La verdad, Lupe no era buena para los deportes. No era capaz de atrapar un globo, ni de deducir en qué dirección patear el balón de fútbol. Una vez lo pateó hacia su propia portería y anotó un gol para el otro equipo. Tampoco era buena para el béisbol o el baloncesto, e incluso le costaba trabajo controlar el *hula hoop* con las caderas.

No fue sino hasta el año anterior, cuando ya tenía once años, que aprendió a montar en bici. E incluso entonces tuvo que usar ruedas auxiliares. Podía meterse a la piscina, pero no sabía nadar, y sólo se arriesgaba a montar en patines cuando su papá la llevaba de la mano.

—Nunca seré buena para los deportes —dijo con irritación un día lluvioso en que estaba acostada en su cama viendo la repisa que su papá le había hecho para poner sus premios—. Ojalá pudiera ganar en algo, cualquier cosa, aunque fuera en canicas.

Al decir la palabra "canicas" se sentó de golpe. "¡Eso es! Tal vez podría ser buena jugando canicas". Saltó de la cama y exploró el clóset hasta encontrar una lata llena con las canicas de su hermano. Vació en su cama ese rico tesoro de cristal y escogió cinco de las canicas más bellas.

Alisó su colcha y practicó disparos, suavemente al principio para afinar la puntería. La canica salió rodando desde su pulgar y chocó contra la canica que tenía como blanco. Pero ésta no se movió. Practicó una y otra vez. Su puntería mejoró, pero la fuerza de su pulgar hacía que la canica se moviera sólo una o dos pulgadas. Entonces se dio cuenta de que las canicas perdían velocidad con la colcha. También tuvo que reconocer que su pulgar era más débil que el cuello de un pollito recién nacido.

Se asomó por la ventana. La lluvia disminuía, pero el suelo estaba demasiado lodoso para jugar. Se sentó con las piernas cruzadas en la cama, rodando sus cinco canicas entre las palmas. "Sí", pensó, "podría jugar canicas, y las canicas son un deporte". En ese momento se dio cuenta de que sólo tenía dos semanas para practicar. El campeonato del parque, el mismo en que su hermano había participado el año anterior, estaba por celebrarse. Tenía mucho que hacer.

Para fortalecer sus muñecas, decidió hacer veinte planchas con las puntas de los dedos en series de a cinco. "Una, dos, tres...", gimió. Para el final de la primera serie ya respiraba con dificultad, y los músculos le ardían del cansancio. Hizo una serie más y decidió que eran suficientes planchas para el primer día.

Apretó una goma de borrar cien veces, esperando que

eso fortaleciera su pulgar. Pareció funcionar, porque al día siguiente el pulgar le dolía. Apenas podía sujetar una canica en la mano, y mucho menos hacerla volar con fuerza. Así que Lupe descansó ese día y escuchó a su hermano, quien le dio consejos de cómo disparar: agacharse, apuntar con un solo ojo y apoyar un nudillo en el suelo.

—Piensa: "Ojo y pulgar", ¡y suéltala! —le dijo.

Al día siguiente, después de clases, Lupe dejó su tarea en su mochila y practicó tres horas seguidas, descansando sólo para comerse una barra de caramelo para recuperar energía. Trazó un círculo de forma irregular con un palo de paleta y arrojó cuatro canicas adentro. Usó su canica tiradora, una ágata turbia de giros hipnóticos, para fulminarlas. Su pulgar *sí* que se había fortalecido.

Después de la práctica, apretó la goma de borrar durante una hora. Cenó con la mano izquierda para no usar su mano tiradora y no les dijo nada a sus papás sobre sus sueños de gloria atlética.

Practica, practica, practica. Aprieta, aprieta, aprieta. Lupe mejoró y batió a su hermano y a Alfonso, un chico vecino que se suponía que era un campeón.

—¡Caray, es buenísima! —dijo Alfonso— Claro que puede batir a las demás niñas. Yo creo.

Las semanas pasaron rápidamente. Lupe trabajó tan duro que un día, mientras estaba secando los platos, su mamá le preguntó por qué su pulgar estaba hinchado.

—Es el músculo —explicó Lupe—. He estado practicando para el campeonato de canicas.

—¿Tú, cariño?

Su mamá sabía que no era buena para los deportes.

—Sí. Batí a Alfonso, y él es muy bueno.

Esa noche, durante la cena, la señora Medrano dijo:

—Cariño, deberías ver el pulgar de Lupe.

—¿Qué? —dijo el señor Medrano, limpiándose la boca y mirando a su hija.

—Enséñaselo a tu papá.

—¿Tengo que hacerlo? —preguntó Lupe avergonzada.

—Vamos, enséñaselo a tu papá.

A regañadientes, Lupe levantó la mano y flexionó el pulgar. Se podía ver el músculo.

El papá bajó su tenedor y preguntó:

—¿Qué pasó?

—Papá, he estado entrenando. He estado apretando una goma de borrar.

—¿Para qué?

—Voy a participar en el campeonato de canicas.

Su papá miró a su esposa y después a su hija.

—¿Cuándo es, cariño?

—Este sábado. ¿Podrás ir?

El papá había planeado jugar squash con un amigo el

sábado, pero dijo que iría a verla. Sabía que su hija creía que no era buena para los deportes y él quería alentarla. Incluso montó unas lámparas en el patio para que pudiera practicar después de que oscurecía. Se ponía de cuclillas con una rodilla en el suelo, fascinado de ver a la niña batir fácilmente a su hermano.

El día del campeonato comenzó frío y borrascoso. El sol era una luz plateada detrás de las nubes de color pizarra.

—Ojalá se despeje —dijo el papá de Lupe frotándose las manos cuando regresó de comprar el periódico.

Desayunaron, se pasearon nerviosamente por la casa esperando a que dieran las diez y recorrieron las dos cuadras que había hasta el parque (aunque el señor Medrano quería llevar a Lupe en el auto para que no se cansara). Ella se inscribió y le asignaron su primera partida en el campo de béisbol número tres.

Lupe, caminando entre su hermano y su papá, temblaba de frío, no de nervios. Se quitó sus guantes, y todos vieron su pulgar. Alguien preguntó:

—¿Cómo puedes jugar con un pulgar roto?

Lupe sonrió y no dijo nada.

Batió fácilmente a su primera contrincante, y sintió lástima por ella, porque no tenía a nadie que la animara. Excepto por su bolsa de canicas, estaba completamente sola. Lupe invitó a la niña, que se llamaba Rachel, a quedarse con ellos. Ella sonrió y dijo: "Está bien". Los cuatro fueron a una mesa de juego en medio del jardín, donde se le asignó otra contrincante a Lupe.

También batió a esta niña, una estudiante de quinto grado que se llamaba Yolanda, y le pidió unirse a su grupo. Continuaron con más partidas y más triunfos, y pronto hubo un gentío que seguía a Lupe a las finales para jugar contra una niña con una gorra de béisbol. Esta niña parecía sumamente seria. Ni siquiera miraba a Lupe.

—No sé, papá, parece difícil.

Rachel abrazó a Lupe y le dijo:

—Gánale.

—Tú puedes —la alentó su papá—. Sólo piensa en las canicas, no en la niña, y deja que tu pulgar haga el trabajo.

La otra chica empezó y ganó una canica, pero falló su siguiente disparo. Lupe, con un ojo cerrado y el pulgar vibrando de energía, sacó de golpe dos canicas del círculo; pero falló su siguiente disparo. Su contrincante ganó dos canicas más antes de volver a fallar. Pateó el suelo y dijo:

—¡Dispara!

El marcador era tres a dos a favor de la señorita "Gorra de béisbol".

El árbitro interrumpió la partida.

—¡Hacia atrás, por favor, déjenles espacio! —gritó.

Los espectadores se habían apiñado demasiado cerca de las jugadoras.

Lupe ganó entonces tres canicas y se disponía a obtener la cuarta cuando una ráfaga de viento le llenó los ojos de polvo y falló terriblemente. Su adversaria se llevó rápido dos canicas, empatando el juego, y avanzó a seis contra cinco gracias a un tiro de suerte. Pero luego falló, y Lupe, que sentía una comezón en los ojos cuando parpadeaba, confió en su intuición y en el músculo del pulgar para marcar el punto del empate. Ahora estaban seis a seis, y ya sólo quedaban tres canicas. Lupe se sonó la nariz y estudió los ángulos. Se dejó caer sobre una rodilla, estabilizó su mano y disparó tan fuerte que sacó ruidosamente dos canicas del círculo. ¡Era la ganadora!

—¡Lo logré! —se dijo en voz baja.

Se levantó con las rodillas adoloridas por haber estado agachada todo el día y abrazó a su papá. Él la abrazó y sonrió.

Todos aplaudieron, excepto la señorita "Gorra de béisbol", que hizo una mueca y miró hacia el suelo. Lupe le dijo que era una excelente jugadora y se dieron la mano. Un fotógrafo del periódico tomó fotos de las dos chicas paradas hombro con hombro, con Lupe sosteniendo el trofeo más grande.

Lupe jugó después contra el ganador de la división de los chicos, y luego de un mal comienzo lo batió once a cuatro. Fulminaba las canicas, despedazando una en brillantes astillas de vidrio. Su contrincante miraba apesadumbrado mientras Lupe hacía lo que mejor sabía hacer: ¡ganar!

El árbitro principal y el Presidente de la Asociación de Jugadores de Canicas de Fresno se pararon junto a Lupe mientras ella enseñaba sus trofeos para el fotógrafo del periódico. Lupe estrechó la mano de todos, hasta la pata de un perro que había ido a ver a qué se debía tanta conmoción.

Esa noche, la familia salió a cenar pizza y puso los dos trofeos en la mesa para que todos en el restaurante los vieran. La gente se acercaba a felicitar a Lupe, y ella se sentía un poco avergonzada, pero su papá decía que los trofeos estaban bien ahí.

De vuelta en casa, en la privacidad de su habitación, Lupe puso los trofeos en su repisa y se sintió feliz. Siempre había ganado honores por su cerebro, pero ganar en deportes era una nueva experiencia. Le dio las gracias a su fatigado pulgar.

—Lo lograste, pulgar. Me hiciste campeona.

Como premio, Lupe fue al baño, llenó el lavabo de agua caliente y dejó que su pulgar nadara y chapoteara cuanto quisiera. Luego se subió a la cama y se sumió en un sueño muy merecido.

CRECER

Ahora que María estaba en décimo grado, sentía que ya estaba demasiado grande para seguir yendo de vacaciones con la familia. El año anterior, la familia había recorrido trescientas millas en auto para ver a su tío en *West Covina*. No había nada que hacer. Los días eran calurosos, con un cielo amarillo lleno de un *smog* que se podía sentir en las yemas de los dedos. Jugaban cartas y veían programas de concursos en la televisión. Luego de los primeros cuatro días de no hacer nada mientras los adultos se sentaban a conversar, los chicos finalmente lograron que los llevaran a Disneylandia.

Disneylandia se veía monumental con sus castillos y sus alegres banderas. El *Matterhorn* tenía violentas caídas y curvas que te dejaban sin aliento si cerrabas los ojos y gritabas. Los Piratas del Caribe no asustaban a nadie pero eran divertidos de todas maneras, y también las tazas locas y El Mundo es Pequeño. Los papás consintieron a los hijos, dando a cada uno de ellos cinco dólares para que los gastaran en chucherías. Irma, la hermana menor de María, compró un cuaderno de Pinocho para colorear y un brazalete de caramelo. Sus hermanos, Rudy y John, compraron unos caramelos que les pusieron los dientes azules.

María no gastó su dinero. Sabía que todo era más caro ahí, como los globos de *Mickey Mouse*, que podías comprar en Fresno por una fracción de lo que valían en Disney. Claro que el globo en el supermercado de los Hanoian no tenía pintada una cara de *Mickey Mouse*, pero rebotaba y flotaba, y finalmente estallaba como cualquier otro globo.

María dobló su billete de cinco dólares, lo guardó en su bolso rojo y se subió a los juegos hasta hartarse. Después se sentó en una banca a observar celosamente a otras adolescentes que parecían mucho mejor vestidas que ella. Se sintió agobiada por la pobreza. Todas esas chicas sensacionales con ropa bonita probablemente procedían de casas con piscinas en el patio, pensó. Sí, su papá era capataz en una fábrica de papel, y sí, ella tenía una piscina de plástico en su patio, pero de todas maneras no era lo mismo. Ella se sentía pobre, y su vestido de verano, que parecía elegante en Fresno, estaba fuera de moda en Disneylandia, donde casi todas las demás chicas llevaban camisas de marca *Esprit* y jeans de marca *Guess*.

Este año la familia de María planeaba visitar a un tío en San José. Su papá había prometido llevarlos al parque de diversiones *Great America*, pero ella sabía que los adultos se sentarían a conversar durante días antes de acordarse de los chicos y levantarse por fin para hacer algo. Tendrían que esperar hasta el último día para poder ir a *Great America*. Para eso no valía la pena soportar tanto aburrimiento.

—Papá, no voy a ir este año —le dijo María a su papá.

Él estaba sentado a la mesa con el periódico enfrente.

—¿Qué quieres decir? —preguntó él, alzando lentamente la vista. Pensó un momento y dijo:— Cuando yo era niño, no teníamos dinero para ir de vacaciones. Yo habría estado feliz de ir a cualquier lugar con mi papá.

—Lo sé, lo sé. Lo has dicho cientos de veces —le respondió ella bruscamente.

—¿Qué dijiste? —preguntó él, haciendo a un lado su periódico.

Todo quedó en silencio. María podía oír el zumbido del refrigerador, a sus hermanos disputándose un palo de paleta en el patio de adelante y a su mamá en el de atrás regando la franja de césped que bordeaba el patio.

Los ojos de su papá se clavaron en ella con una mirada sombría. María ya había visto antes esa mirada. Le imploró con una suave voz aniñada:

—Nunca hacemos nada. Es muy aburrido. ¿No entiendes?

—No, no entiendo. Trabajo todo el año, y si quiero ir de vacaciones, voy. Y mi familia también va.

Tomó un trago de agua helada y la miró ferozmente.

—Todo es muy fácil para ti —continuó—. En Chihuahua, donde nací, trabajábamos duro. Todos trabajábamos, ¡hasta los niños! Y se les tenía respeto a los padres, algo que tú no has aprendido.

"Ahí va otra vez", pensó María, "con sus historias de su niñez en México". Quiso taparse los oídos con bolas de periódico para no escucharlo. Podía recitar sus historias de memoria, palabra por palabra. Estaba impaciente por entrar a la universidad y alejarse de ellos.

—¿Sabes que mi papá trabajó en las minas? ¿Que estuvo a punto de perder la vida? Y hoy está enfermo de los pulmones.

Se golpeó el pecho con sus nudillos fuertes y agrietados.

María se echó el pelo para atrás y vio por la ventana a sus hermanos corriendo por el patio. No podía soportar más. Se paró y se fue, y cuando su papá le gritó que regresara, ella lo ignoró. Se encerró en su habitación y trató de leer la revista *Seventeen*, pero oía la voz de su papá quejándose con su mamá, que había entrado al escuchar los gritos.

—Habla con tu mocosa[1] —lo oyó decir.

Oyó abrir la puerta del refrigerador. Probablemente era él sacando una cerveza, "una fría", como decía. Hojeó las páginas de su revista y se detuvo en un anuncio de jeans *Levis* con una chica como de su edad que caminaba entre dos alegres muchachos en la playa. Deseó ser esa chica, tener otra vida. Dio vuelta a la página y pensó: "Apuesto que se va a emborrachar y que mañana va a manejar como loco".

Mientras guardaba una jarra de *Kool-Aid* que los chicos habían dejado afuera, la mamá de María miró a su esposo, que manoseaba una servilleta hecha bola. Los ojos de él tenían un aspecto sombrío y sus pensamientos estaban en México, donde se respetaba al padre y donde su palabra, correcta o no, era la definitiva.

—Rafael, ella está creciendo; es una adolescente. Ella habla así, pero eso no quiere decir que no te quiera.

—Claro, y así es como muestra su cariño, respondiéndole a su padre.

Se frotó la nuca y giró la cabeza para tratar de eliminar la rigidez. Sabía que era cierto, pero él era el hombre de la casa y ninguna hija suya le iba a decir qué hacer.

---

[1] mocosa – hija, niña

En cambio, fue su esposa, Eva, quien le dijo qué hacer.

—Déjala que se quede. Ya es grande. Ya no quiere subirse más a los juegos. Se puede quedar con su nina.[2]

El papá bebió su cerveza y protestó, pero finalmente accedió a permitir que su hija se quedara.

Al día siguiente, la familia se levantó pasadas las seis y a las siete y media ya estaba lista para irse. María se quedó en su cuarto. Quería disculparse con su papá, pero no podía. Sabía que si decía: "Papá, lo siento", rompería a llorar. Su papá quería entrar a su cuarto y decirle: "Haremos algo realmente especial estas vacaciones. Ven con nosotros, cariño". Pero le era difícil mostrar sus emociones frente a sus hijos, especialmente cuando trataba de reconciliarse con ellos.

La mamá le dio un beso a María.

—María, quiero que limpies la casa y que después te vayas con tu nina. No quiero travesuras mientras estamos fuera, ¿me oyes?

—Sí, mamá.

—Aquí está la llave. Riega las plantas de adentro y pon el aspersor de riego cada dos días.

Le dio la llave a María y la abrazó.

—Pórtate bien. Ahora ve a decirle adiós a tu papá.

Renuente, María salió en bata al patio de adelante y, mirando hacia el suelo, le dijo adiós a su papá. El papá miró

---

[2] nina – madrina

hacia el suelo y se despidió de una manguera que había a sus pies.

Cuando se fueron, María se quedó acostada en pijama escuchando radio y hojeando revistas. Luego se paró, se sirvió un tazón de cereal *Cocoa Puffs* y vio *American Bandstand* en la tele. Su sueño era bailar en ese programa, mirar a la cámara, sonreír y dejar que todos en Fresno vieran que ella también podía pasarla bien.

Pero una sensación desagradable se agitó en su interior. Se sintió atroz por haber discutido con su papá. Se sintió mal por su mamá y sus dos hermanos que tendrían que pasar las tres horas siguientes en el auto con él. Tal vez él haría una locura, como chocarse a propósito para vengarse de ella, o quedarse dormido e ir a dar a una cuneta. Y todo sería su culpa.

Puso el radio en una estación de noticias. Escuchó media hora, pero la mayoría de las noticias eran sobre buques de guerra en el golfo Pérsico y un tornado en Texas. No decían nada de su familia.

María empezó a tranquilizarse, porque, después de todo, su papá era en realidad muy bueno a pesar de su aspereza. Se vistió despacio, le dio una pasada a la cocina con la escoba y dejó correr el agua de la manguera en un arriate de flores mientras se pintaba las uñas de los pies con el esmalte de su mamá. Luego llamó a su amiga Becky para contarle que sus papás la habían dejado quedarse en casa, que era libre… durante al menos cinco días.

—¡Genial! —dijo Becky— Ojalá mi mamá y mi papá se fueran y me dejaran quedarme sola.

—No, tengo que quedarme con mi madrina —dijo, y pensó que no debía olvidarse de llamar a su nina—. Becky, vamos al centro comercial a ver chicos.

—Perfecto.

—Estaré lista en un ratito.

María llamó a su nina, quien le dijo que estaba bien que fuera de compras, pero que debía estar en su casa para cenar a las seis. Después de colgar, María se quitó sus jeans y su camiseta y se puso un vestido. Registró el clóset de su mamá para tomar prestados un par de zapatos y se empapó las muñecas con perfume Charlie. Se puso lápiz labial rosado coral y un poco de sombra de ojos azul. Se sintió hermosa, aunque un tanto falta de naturalidad. Se quitó un poco de lápiz labial y se pasó agua por las muñecas para diluir la fragancia.

Recorrió las cuatro cuadras hasta la casa de Becky radiante de felicidad, hasta que pasó junto a un señor que, de rodillas, desmalezaba su arriate de flores. A su lado, un radio informaba sobre un accidente de tránsito. Un vehículo grande se había volcado después de pegarle a un auto cerca de Salinas, a veinte millas de San José.

Una oleada de temor la estremeció. Tal vez eran *ellos*.

Su sonrisa desapareció y se le encogieron los hombros. No, no podía ser, pensó. Salinas no está tan cerca de San José. Pero tal vez su papá quiso pasar por Salinas, porque está en un valle muy bonito con grandes llanuras y robles, y caballos y vacas que te miran cuando pasas frente a ellos veloz en tu automóvil. Así que tal vez había ocurrido; tal vez habían tenido un horrible accidente.

Cuando llegó a casa de Becky, estaba carcomida por la culpa, porque había sido ella quien había alterado a su papá y lo había hecho chocar.

—¡Hola! —le dijo a Becky, tratando de parecer contenta.

—Te ves fabulosa, María —dijo Becky—. Mamá, mira a María. Entra un ratito.

María se sonrojó cuando la mamá de Becky le dijo que se veía preciosa. No supo qué hacer, excepto mirar la alfombra y decir:

—Gracias, señora Ledesma.

La mamá de Becky las llevó al centro comercial, pero tendrían que regresar en autobús. Las chicas fueron primero a la tienda *Macy's*, donde buscaron afanosamente un suéter, algo llamativo pero no tanto. Luego fueron a comprar un refresco y se sentaron junto a la fuente bajo un árbol artificial. Vieron pasar a la gente, especialmente a los chicos, quienes, estuvieron de acuerdo, eran tontos pero estaban guapos de todas maneras.

Fueron a la tienda *The Gap*, donde se probaron algunas faldas, y se atrevieron a ir a la tienda *The Limited*, donde recorrieron los pasillos de un lado a otro respirando los espléndidos aromas de las prendas de cien por ciento lana y seda. Estaban a punto de irse cuando María oyó una vez más, en el radio portátil de alguien, que una familia había muerto en un accidente automovilístico cerca de Salinas. Dejó de sonreír por un momento, mientras se imaginaba la camioneta Malibú de su familia volcada.

Becky sintió que algo le pasaba y le preguntó:

—¿Por qué estás tan callada?

María forzó una sonrisa.

—Oh, por nada. Sólo estaba pensando.

—¿En qué?

María pensó rápido.

—Oh, creo que dejé la llave de agua abierta en casa.

Esto podía ser cierto. María recordaba haber retirado la manguera del arriate de flores, pero no podía recordar si había cerrado la llave.

Después regresaron a casa en autobús, sin nada que enseñar de sus tres horas de compras excepto una bolsita de caramelos. Pero había sido un buen día. Dos chicos las habían seguido, bromeando y coqueteando, y ellas correspondiéndoles el coqueteo. Las chicas les dieron números telefónicos inventados, y luego se dieron vuelta y se rieron cubriéndose la boca con las manos.

—Son unos tontos —dijo Becky—, pero están muy guapos.

María se separó de Becky cuando bajaron del autobús, y se marchó a casa de su nina. Después recordó que la manguera podía estar abierta en casa y se fue corriendo para allá, chancleteando torpemente coon los zapatos de su mamá.

La manguera estaba perfectamente enrollada contra la espaldera. María decidió revisar el correo y entró. Cuando abrió la puerta, la sala la recibió con un silencio que nunca antes había sentido. Usualmente la televisión estaba encendida, sus hermanos y hermana menores jugaban y se oía a su mamá en la cocina. Cuando el teléfono sonó, María dio un salto. Se quitó los zapatos sacudiendo los pies, corrió hacia el teléfono y levantó el receptor, sólo para oír un clic lejano.

—¿Bueno, bueno?

El corazón de María comenzó a latir fuertemente. Su mente se volvió loca con las posibilidades. "Un accidente", pensó; "tuvieron un accidente, y todo por mi culpa".

—¿Quién es? ¿Papá? ¿Mamá?

Colgó y miró a su alrededor. En el reloj sobre el televisor brillaban las 5:15. Recogió el correo, se puso unos jeans y se fue a casa de su nina con su camisón de dormir y un cepillo de dientes en una bolsa plástica.

Su nina se puso muy contenta al verla. Tomó su cabeza entre sus manos y le dio un sonoro beso.

—Ya casi está lista la cena —le dijo, llevándola suavemente adentro.

—Oh, bien, sólo comimos palomitas de maíz.

Tuvieron una tranquila velada. Después de cenar, se sentaron en el portal a mirar las estrellas. María quería preguntarle a su nina si sabía algo acerca de sus papás. Quería saber si la policía había llamado para informar que habían tenido un accidente. Pero se limitó a sentarse en la mecedora del portal, dejando que la ansiedad le corroyera el alma.

La familia se había ido por cuatro días. María rezó por ellos, rogó que no la despertara una llamada telefónica diciéndole que habían encontrado el auto en una cuneta. Hizo una lista de cosas en las que podía ser más buena con ellos: lavar los platos sin que se lo pidieran, regar el jardín, abrazar a su papá cuando llegara del trabajo y jugar con su hermano menor aunque se aburriera como una ostra.

En la noche María, muerta de preocupación, escuchó la radio por si había noticias de un accidente. Pensó en su tío Shorty, que chocó su auto al quedarse dormido en el pequeño pueblo de Mendota. Vivía confinado a una silla de ruedas motorizada y tenía cicatrices de quemaduras en el lado izquierdo de la cara.

"Oh, por favor, que no les pase nada de eso", rezó.

En la mañana apenas si pudo mirar el periódico. Temía que, si lo desdoblaba, la primera plana contendría una nota sobre una familia de Fresno que había salido volando de la montaña rusa en el parque de diversiones *Great America*. O que un tiburón la había atacado mientras flotaba felizmente entre las olas bordadas de blanco. "Va a pasar algo horrible", se dijo mientras se servía cereal *Rice Krispies* en un tazón.

Pero nada sucedió. Su familia volvió a casa, todos bronceados después de haber pasado horas en la playa y contando un sinfín de maravillosas historias sobre el malecón de Santa Cruz y *Great America* y un museo egipcio. Habían hecho más este año que en todas sus vacaciones anteriores.

—Oh, nos divertimos mucho —le dijo su mamá, sacándose la arena de los zapatos antes de entrar a la casa.

Su papá le dio un fuerte abrazo mientras sus hermanos pasaban corriendo, muy morenos por las horas de natación.

María miró hacia el suelo, enfadada. ¿Cómo se habían atrevido a divertirse tanto? Mientras ella se moría de preocupación, ellos chapoteaban en las olas, se quedaban en *Great America* hasta el anochecer y comían en todo tipo de restaurantes. Incluso habían comprado ropa de otoño para la escuela.

Resentida, mientras Johnny describía un juego que caía en picada y te jalaba el estómago hasta la boca, María se dio vuelta y se fue a su habitación. Se quitó los zapatos a patadas y hojeó un viejo ejemplar de la revista *Seventeen*. Su familia estaba viva, y tan detestable como siempre. Retiró todas sus promesas. En adelante, sólo se ocuparía de sí misma y los ignoraría. Cuando le dijeran: "María, ¿podrías ayudarme?", fingiría no oír y se iría.

"Son crueles", murmuró. "Yo aquí preocupándome por ellos y ellos divirtiéndose". Pensó en los juegos a los que se habían subido, las horas de *surfing* sin tabla, los chicos guapos que ella no había visto, los restaurantes y el museo. Los ojos se le llenaron de lágrimas. Por primera vez en años abrazó una muñeca, la que su abuela Lupe le había hecho con trozos de ropa vieja.

—Algo me pasa —se lamentó suavemente.

Prendió el radio y oyó que un avión de un sólo motor se había estrellado en Cupertino, una ciudad no lejos de San José. Pensó en el avión y en la gente que iba adentro, cómo sufriría la familia del piloto.

Abrazó su muñeca. Algo le estaba pasando, y podía ser que estaba creciendo. Cuando terminaron las noticias y empezó a sonar una canción, se paró y se lavó la cara sin mirarse en el espejo.

Esa noche la familia salió a cenar comida china. Aunque sus hermanos jugaban, hacían bromas y derramaron un refresco, ella estaba feliz. Comió mucho, y cuando su galletita de la fortuna dijo "Eres madura y razonable", ella tuvo que estar de acuerdo. Y su papá y su mamá también lo estuvieron. La familia volvió a casa cantando "La bamba" acompañada por el radio del auto.

ACERCA DEL AUTOR

GARY SOTO nació y creció en Fresno, California, y es un galardonado poeta y ensayista, así como autor de numerosos libros infantiles. Su primer libro para jóvenes, *Béisbol en abril y otros cuentos*, ganó el *Beatty Award* de *California Library Association* y fue nombrado *ALA Best Book for Young Adults*. Soto ha publicado desde entonces muchos otros libros para jóvenes lectores, entre ellos otras dos colecciones de cuentos, varias novelas y dos colecciones de poemas. Su cortometraje *The Pool Party* fue premiado con la *Andrew Carnegie Medal for Excellence in Children's Video* de ALA (American Library Association).